U0729595

纳兰性德全集

纳兰词

人生若只如初见

纳兰性德◎著　冯其庸◎特邀顾问　尹小林◎主编

国际文化出版公司

·北京·

图书在版编目（CIP）数据

纳兰词·人生若只如初见/（清）纳兰性德著；尹小林主编. —北京：国际文化出版公司,2016.7
（纳兰性德全集）
ISBN 978 - 7 - 5125 - 0858 - 3

Ⅰ．①纳… Ⅱ．①纳… ②尹… Ⅲ．①词（文学）- 作品集 - 中国 - 清代 Ⅳ．①I222.849

中国版本图书馆 CIP 数据核字（2016）第 141690 号

纳兰词·人生若只如初见

作　　者	纳兰性德	
特邀顾问	冯其庸	
主　　编	尹小林	
执行主编	张小米	
总 策 划	葛宏峰	
特约策划	刘子菲	
责任编辑	戴　婕	
策划编辑	闫翠翠　杨红霞	
特约编辑	尹稚宁　帖慧祯	
美术编辑	李晓东	
出版发行	国际文化出版公司	
经　　销	国文润华文化传媒（北京）有限责任公司	
印　　刷	北京天正元印务有限公司	
开　　本	880 毫米×1230 毫米　　32 开	
	9.25 印张　　200 千字	
版　　次	2016 年 7 月第 1 版	
	2016 年 7 月第 1 次印刷	
书　　号	ISBN 978 - 7 - 5125 - 0858 - 3	
定　　价	42.00 元	

国际文化出版公司
北京朝阳区东土城路乙 9 号　邮编:100013
总编室:(010)64271551　传真:(010)64271578
销售热线:(010)64271187
传真:(010)64271187 - 800
E - mail:icpc@ 95777. sina. net
http://www.sinoread.com

目　录

词　一

词　二

词

一

梦江南^①

江南好，建业旧长安^②。紫盖忽临双鹢渡^③，翠华争拥六龙看^④。雄丽却高寒^⑤。

【笺注】

①梦江南：词牌名，又名"忆江南"或"望江南"。清汪元治所编道光十二年（1832）结铁网斋刊刻的《纳兰词》作"忆江南"，下同。自这首以下共十首，写于康熙二十三年（1684）九月至十一月。此时词人以侍卫的身份扈从康熙帝第一次南巡。

②建业：今江苏南京，汉为秣陵县。东汉建安十七年（212），孙权于此修筑石头城，改称秣陵县为建业。长安：今陕西西安，为汉唐故都，后代诗人常以之代指都城。唐李白《金陵三首》之一："晋家南渡日，此地旧长安。"

③紫盖：紫色车盖。帝王仪仗之一，此处借指帝王车驾。另，紫盖有紫色云气之意，古人常附会为帝王出现的预兆。宋王埜《六州歌头》："黄旗紫盖，中兴运，钟王气，护金瓯。"鹢（yì）：水鸟名。形如鹭而大，羽色苍白，善高飞。古代在

船首以彩色画鹢鸟之形，后借指船。

④翠华：天子仪仗中以翠羽为饰的旗帜或车盖。《文选·司马相如〈上林赋〉》："建翠华之旗，树灵鼍之鼓。"李善注："翠华，以翠羽为葆（用鸟羽装饰的一种仪仗）也。"六龙：古代天子的车驾为六马，马八尺称龙，因以为之天子车驾的代称。

⑤却：使退却，止住。高寒：清冷的月亮。宋张孝祥《水调歌头》："江山自雄丽，风露与高寒。"

又

江南好，城阙尚嵯峨^①。故物陵前惟石马^②，遗踪陌上有铜驼^③。玉树夜深歌^④。

【笺注】

①嵯（cuó）峨（é）：山高峻貌。唐元稹《筑城曲》："半疑兼半信，筑城犹嵯峨。"明吴斌《青州歌》："嵯峨城阙帝子宫，天人遥镇沧海东。"

②陵：明孝陵，即明太祖朱元璋墓，在南京市紫金山（即钟山）南麓。陵丘上原有梅花鹿群，多达数千头。鹿颈上挂有银牌，凡捕杀者以死罪论处。明清之际，建筑物损毁残缺，鹿群被随意捕杀。到词人来时，原本规模宏大的孝陵破落不堪，仅剩石人石马了。

③铜驼：即铜驼街，在今河南省洛阳市故洛阳城中，以道旁曾有汉铸铜驼两枚相对而得名，为古代著名的繁华区域。《太平御览》卷一五八引晋陆机《洛阳记》："洛阳有铜驼街，汉铸铜驼二枚，在宫南四会道相对。俗语曰：'金马门外集众贤，铜驼陌上集少年。'"又，据《晋书·索靖传》，有远见卓

识的索靖预知天下将会大乱，手指洛阳宫门口的铜驼，慨叹道："会见汝在荆棘中耳！"明末陈子龙《秋日杂感二首》之一："三市铜驼愁夜月，五陵石马恸秋风。"

④玉树：南朝陈后主所作歌曲《玉树后庭花》的省称。后庭花，花名，鸡冠花的一种。宋王灼《碧鸡漫志》卷五："吴蜀鸡冠花有一种小者，高不过五六寸，或红，或浅红，或白，或浅白，世目曰后庭花。"盛开时使树冠如玉一样美丽，故又称"玉树后庭花"。此句与杜牧《泊秦淮》诗"商女不知亡国恨，隔江犹唱后庭花"意相同。

又

江南好，怀古意谁传[1]？燕子矶头红蓼月[2]，乌衣巷口绿杨烟[3]。风景忆当年。

【笺注】

[1]怀古意：怀古，追念古昔。西晋李密《五言诗》："沾襟何所为，怅然怀古意。"

[2]燕子矶：地名。在江苏省南京市东北部观音山。突出的岩石屹立长江边，三面悬绝，宛如飞燕，故名。红蓼(liǎo)：蓼的一种。多生水边，花呈淡红色。宋晏殊《浣溪沙》："红蓼花香夹岸稠。"

[3]乌衣巷：地名。在今南京市秦淮河南。三国吴时在此置乌衣营，以士兵着乌衣而得名。东晋时王、谢等望族居此，因著闻。唐刘禹锡《乌衣巷》："朱雀桥边野草花，乌衣巷口夕阳斜。"元萨都剌《满江红·金陵怀古》："六代繁华春去也、更无消息。空怅望、山川形胜，已非畴昔。王谢堂前双燕子，乌衣巷口曾相识……但荒烟衰草，乱鸦斜日。"

又

江南好，虎阜晚秋天[①]。山水总归诗格秀[②]，笙箫恰称语音圆[③]。谁在木兰船[④]？

【笺注】

①虎阜：即虎丘，在江苏省苏州市西北，亦名海涌山。唐时因避讳曾改称武丘或兽丘，后复旧称，相传吴王阖闾葬此。汉袁康《越绝书·外传记吴地传》："阖庐冢在阊门外，名虎丘……筑三日而白虎居上，故号为虎丘。"

②诗格：诗的风格、格调。宋赵彦端《好事近》："此花佳处似佳人，高情带诗格。"

③笙箫：泛指管乐器。语音圆：苏州一地的方言素有吴侬软语之称，词人以"圆"称之，恰如其分。

④木兰船：用木兰树造的船。南朝梁任昉《述异记》卷下："木兰洲在浔阳江中，多木兰树。昔吴王阖闾植木兰于此，用构官殿也。七里洲中，有鲁般刻木兰为舟，舟至今在洲中。诗家云木兰舟，出于此。"后常用为船的美称，并非实指木兰木所制。

又

江南好，真个到梁溪①。一幅云林高士画②，数行泉石故人题③，还似梦游非。

【笺注】

①梁溪：源出惠山，在清时流经无锡西门外。最初河道极隘窄，梁朝大同年间得以疏浚，故名梁溪。这里泛指无锡。无锡是作者挚友严绳孙和顾贞观的家乡，曾梦想着能来此地游历，现途经此地，实现了愿望，故曰"真个"。

②云林：倪瓒，元代画家，字符积，号云林子，无锡人。擅绘山水，以幽远简淡为宗；人有超然出世之态，世称高士。此句中的"云林"一语双关，亦可与下句中的"泉石"相对。

③故人：词人的友人严绳孙。《清史列传》卷七十《严绳孙传》："兼工书画，梁溪人争以倪云林目之。"

又

江南好，水是二泉清①。味永出山那得浊②，名高有锡更谁争③。何必让中泠④。

【笺注】

①二泉：指无锡惠泉，因其有"天下第二泉"之称，故名。

②味永出山那得浊：唐杜甫《佳人》："在山泉水清，出山泉水浊。"泉水清冽甘美，即便出山了味道依然隽永不会改变。

③有锡：唐陆羽《游惠山寺记》："东峰当周秦间大产铅锡，故名锡山。汉兴，锡方殚，故创无锡县。王莽时锡复出，改县名曰有锡……自光武至孝顺之世，锡果竭，顺帝更为无锡县，属吴郡。"

④中泠：泉名。在今江苏镇江市西北金山下。相传其水烹茶最佳，有"天下第一泉"之称。今江岸沙涨，泉已没沙中。宋苏轼《游金山寺》："中泠南畔石盘陀，古来出没随涛波。"

又

江南好，佳丽数维扬^①。自是琼花偏得月^②，那应金粉不兼香^③。谁与话清凉^④！

【笺注】

①佳丽：这里指秀丽的景致。南齐谢朓《入朝曲》有"江南佳丽地"。维扬：扬州的别称。《书·禹贡》："淮海惟扬州。"惟，通"维"。后截取二字以为名。

②琼花：一种珍贵的花。叶柔而莹泽，花色微黄而有香。扬州后土祠曾有琼花一株，传为唐时种植，时人目为珍异。宋淳熙以后，多为聚八仙接木移植。宋周密《齐东野语·琼花》："扬州后土祠琼花，天下无二本，绝类聚八仙，色微黄而有香。仁宗庆历中，尝分植禁苑，明年辄枯，遂复载还祠中，敷荣（开花）如故。淳熙中，寿皇（宋孝宗于淳熙十六年传位与子光宗、光宗上孝宗尊号为"至尊寿皇圣帝"）亦尝移植南内，逾年，憔悴无华，仍送还之。其后，宦者陈源，命园丁取孙枝移接聚八仙根上，遂活，然其香色则大减矣。杭之褚家塘琼花园是也。今后土之花已薪，而人间所有者，特当时

接本，仿佛似之耳。"偏得月：古人谓扬州月色好，得月最多，明月夜独占三分中的二分，故云。

③那：这里作"哪"讲，表疑问。金粉：既指金黄色的花粉，这里又可指妇女妆饰用的金钿和铅粉。宋欧阳修《蝶恋花》："一掬天和金粉腻。莲子心中，自有深深意。"

④清凉：宋刘过《临江仙》："谁识清凉意思，珊瑚枕冷先知。"

又

江南好，铁瓮古南徐①。立马江山千里目②，射蛟风雨百灵趋③。北顾更踌躇④。

【笺注】

①铁瓮：指铁瓮城，京口（今江苏镇江）北固山前的一座古城，为三国时孙权所筑。唐杜牧《润州》诗之二："城高铁瓮横强弩，柳暗朱楼多梦云。"冯集梧注："原注：'润州城，孙权筑，号为铁瓮。'《演繁露》：'润州城古号铁瓮，人但知其取喻以坚而已，然瓮形深狭，取以喻城，似为非类。乾道辛卯，予过润，蔡子平置燕于江亭，亭据郡治前山绝顶，而顾子城雉堞（城上短墙）缘冈，弯环（弯曲如环）四合，其中州郡诸廨在焉，圆深之形，正如卓瓮，予始知喻以为瓮者，指子城也。'"南徐：镇江旧称。东晋侨置徐州于京口城，南朝宋时改称南徐。

②立马：驻马。金完颜亮有诗句："提兵百万西湖上，立马吴山第一峰。"江：长江。山：金山。千里目：唐王之涣《登鹳雀楼》："欲穷千里目，更上一层楼。"唐柳宗元《登柳

州城楼寄漳汀封连四州刺史》：“岭树重遮千里目，江流曲似九回肠。”

③射蛟：指汉武帝射获江蛟事。《汉书·武帝纪》：“（元封）五年冬，行南巡狩……自寻阳浮江，亲射蛟江中，获之。”唐李白《永王东巡歌》之九：“祖龙浮海不成桥，汉武寻阳空射蛟。”后诗文中作为颂扬帝王勇武的典故。百灵：各种神灵。《文选·班固〈东都赋〉》：“礼神祇，怀百灵。”李善注：“《毛诗》曰：‘怀柔百神。’”

④北顾：即北固山，在今江苏省镇江市东北。有南、中、北三峰，北峰三面临江，形势险要，故称“北固”。南朝梁武帝曾登此山，谓可为京口壮观，改曰“北顾”。踌躇：从容自得，流连不已。南朝宋刘义庆《世说新语·言语》：“荀中郎（荀羡）在京口，登北固望海，云：‘虽未睹三山，便自使人有凌云意。若秦、汉之君，必当褰裳濡足。’”

又

江南好，一片妙高云[①]。砚北峰峦米外史[②]，屏间楼阁李将军[③]。金碧矗斜曛[④]。

【笺注】

①妙高：妙高山，在今江苏镇江市金山最高处。上有妙高台，宋僧人了元建，山顶常有浮云缭绕。

②砚北：砚山园以北。据宋贾似道《悦生随抄》："江南李氏后主尝买一砚山，径长才踰尺，前耸三十六峰，皆大犹手指，左右则引两阜坡陀，而中凿为砚。及江南国破，砚山因流转数十人，为米老元章得。"米老元章即米芾。米芾以此砚山换得镇江甘露寺下一块宅地。其后宅地归岳飞之孙岳珂所有。岳珂修筑园林，名之曰：砚山园。又，砚北，又可谓几案面南，人坐砚北，指从事著述。宋张邦基《墨庄漫录》卷十："唐段成式书云：'杯宴之余，常居砚北。'"米外史：米芾，北宋书画家，字元章，号海岳外史、襄阳漫士。米芾山水画远宗王洽，近师董源，别出新意，擅水墨山水，自成一家，世称"米氏云山"。

③李将军：李思训，唐代画家，字建睍，唐宗室。唐玄宗开元初，官右武卫大将军，人称"大李将军"。

④金碧：李思训善绘山水树石，画风精丽严整，以金碧青绿作山水，笔力遒劲，多表现幽居之所，后世称之为金碧山水。斜曛：落日的余辉。

又

江南好，何处异京华①。香散翠帘多在水②，绿残红叶胜于花。无事避风沙③。

【笺注】

①京华：京城之美称。因京城是文物、人才汇集之地，故称。

②香散翠帘：元李致远《双调·水仙子》："荼蘼香散一帘风，杜宇声干满树红。"明王偁《暇日过天宁东院》："凉分半榻竹风细，香散一帘花雨迷。"

③无事：没有缘故去做某事。江南无风沙之虞，不像京城那样饱受其苦。

又

昏鸦尽，小立恨因谁。急雪乍翻香阁絮[1]，轻风吹到胆瓶梅[2]。心字已成灰[3]。

【笺注】

①香阁絮：寓写雪。晋王凝之妻谢道韫有咏雪名句："未若柳絮因风起。"宋晏几道《六幺令》："绿阴春尽，飞絮绕香阁。"

②胆瓶：长颈大腹的花瓶，因形如悬胆而名。

③心字：心字香。明杨慎《词品·心字香》："范石湖（成大）《骖鸾录》云：'番禺人作心字香，用素馨茉莉半开者著净器中，以沉香薄劈层层相间，密封之，日一易，不待花蔫，花过香成。'所谓心字香者，以香末萦篆成心字也。"成灰：这里指香燃烧而为残留之灰烬。南朝梁吴钧《行路难》："玉阶行路生细草，金炉香炭变成灰。"

又

新来好^①，唱得虎头词^②。一片冷香惟有梦，十分清瘦更无诗^③。标格早梅知^④。

【笺注】

①新来：近来。

②虎头：顾恺之，东晋画家，字长康，小字虎头。词人好友顾贞观，与顾恺之同为无锡人，且同姓，此处以虎头借指顾贞观。

③一片冷香、十分清瘦两句：引自顾贞观《浣溪沙·梅》。冷香：指清香的梅花。

④标格：风范，风度。

又

　　江南忆，鸾辂此经过[1]。一掬胭脂沉
碧甃[2]，四围亭壁幛红罗[3]。消息暑
风多[4]。

【笺注】

　　①鸾辂：天子王侯所乘之车。《吕氏春秋·孟春纪》：“天子居青阳左个。乘鸾辂，驾苍龙。”高诱注：“辂，车也。鸾鸟在衡，和在轼，鸣相应和。后世不能复致，铸铜为之，饰以金，谓之鸾辂也。”

　　②掬（jū）：两手相合捧物。《左传·宣公十二年》：“桓子不知所为，鼓于军中曰：‘先济者有赏。’中军、下军争舟，舟中之指可掬也。”杨伯峻注：“先乘舟者恐多乘，或恐敌人追至……故先乘者以刀断攀者之指。舟中之指可掬，言其多也。”胭脂：胭脂井。《南畿志》：“景阳井在台城内，陈后主与张丽华、孔贵嫔投其中，以避隋兵。旧传阑有石脉，以帛拭之，作胭脂痕，名胭脂井。一名辱井。”碧甃（zhòu）：青绿色的井壁，这里借指井。

　　③亭壁：亭燧和军营。亭燧，即烽火亭，用作侦伺和举火

报警。幛：遮蔽。红罗：南唐后主李煜在宫中筑红罗亭，四面栽种红梅，做艳曲歌之。宋周必大《次韵史院洪景卢检详馆中红梅》："红罗亭深宫漏迟，宫花四面谁得知。"

④消息：与时消息，变化。暑风：热风。

*此词补遗自《纳兰词》，许增编，清光绪六年娱园刻本。

又

春去也，人在画楼东^①。芳草绿黏天一角，落花红沁水三弓^②。好景共谁同？

【笺注】

①画楼：雕饰华丽的楼房。宋柳永《木兰花》："王孙若拟赠千金，只在画楼东畔住。"宋苏轼《满庭芳》："画楼东畔，天远夕阳多。"

②落花红沁：水因残花落红而变成红色。宋范成大《余杭道中》："落花流水浅深红，尽日帆飞绣浪中。"弓：量词。原为与弓同距离的长度单位，与步相应。后亦用作丈量地亩的计算单位。其制历代不一，或以八尺为一弓；或以六尺为一弓；旧时营造尺以五尺为一弓，三百六十弓为一里，二百四十方弓为一亩。

*此词补遗自《纳兰词》，许增编，清光绪六年娱园刻本。

江城子　咏史

　　湿云全压数峰低^①，影凄迷，望中疑。非雾非烟^②，神女欲来时。若问生涯原是梦^③，除梦里，没人知。

【笺注】

　　①湿云：湿度大的云，诗词中多指雨前厚重的乌云。唐崔橹《华清宫》："红叶下山寒寂寂，湿云如梦雨如尘。"数峰：这里特指巫山。

　　②非雾非烟：祥瑞的云。这里指朝云，巫山神女名。战国时楚怀王游高唐，昼梦幸巫山之女。后好事者为立庙，号曰"朝云"。战国楚宋玉《〈高唐赋〉序》：楚襄王与宋玉游云梦之台，望高唐之观。其上有云气变化无穷。玉谓此气为朝云，对王说，过去先王曾游高唐，怠而昼寝，梦见一妇人，自称是巫山之女，愿侍王枕席，王因幸之。巫山之女临去时说："妾在巫山之阳，高丘之阻，旦为朝云，暮为行雨，朝朝暮暮，阳台之下。"

　　③生涯：《庄子·养生主》："吾生也有涯，而知也无涯。"原谓生命有边际、限度，后指生命、人生。语出唐李商隐《无题》："神女生涯原是梦，小姑居处本无郎。"

如梦令

　　正是辘轳金井①，满砌落花红冷②。蓦地一相逢，心事眼波难定。谁省？谁省？从此簟纹灯影③。

【笺注】

　　①辘轳：利用轮轴原理制成的井上汲水的起重装置。金井：井栏上有雕饰的井。一般用以指宫庭园林里的井。金，谓其坚固。辘轳金井，为诗词中固有的意象，如唐张籍《楚妃怨》："梧桐叶下黄金井，横架辘轳牵素绠。"五代南唐李煜《采桑子》："辘轳金井梧桐晚，几树秋凉。"

　　②砌：台阶。五代南唐冯延巳《清平乐》："砌下落花风起，罗衣特地春寒。"

　　③簟（diàn）纹：席纹。宋苏轼《南堂》诗之五有："扫地焚香闭阁眠，簟纹如水帐如烟。"灯影：灯光照在物体上投射出的影子。宋张先《醉桃源》："隔帘灯影闭门时，此情风月知。"

又

黄叶青苔归路①，屧粉衣香何处②。消息竟沉沉③，今夜相思几许。秋雨，秋雨。一半因风吹去④。

【笺注】

①黄叶青苔：唐李白《长相思》之三："相思黄叶落，白露点青苔。"

②屧（xiè）：本指鞋中的衬垫，后即用指木屐。

③沉沉：形容音信杳无。元高克礼《青楼咏妓·风入松》："耳边消息谩沉沉，情泪湿衣襟。"

④秋雨句：引用清朱彝尊《转应曲·安丘客舍对雨》："秋雨，秋雨，一半回风吹去。"

又

纤月黄昏庭院①，语密翻教醉浅。知否那人心，旧恨新欢相半②。谁见？谁见？珊枕泪痕红泫③。

【笺注】

①纤月：纤纤月。尖细的弯月。南朝宋鲍照《玩月城西门廨中》："始见西南楼，纤纤如玉钩。"宋辛弃疾《念奴娇·书东流村壁》："闻道绮陌东头，行人长见，帘底纤纤月。"

②旧恨新欢：宋欧阳修《渔家傲·七夕》："一别经年今始见，新欢往恨知何限。"

③珊枕：珊瑚枕，用珊瑚做的或装饰的枕头。泪痕红泫：用"红泪"之典。晋王嘉《拾遗记·魏》："文帝所爱美人，姓薛名灵芸，常山人也……灵芸闻别父母，歔欷累日，泪下沾衣。至升车就路之时，以玉唾壶承泪，壶则红色。既发常山，及至京师，壶中泪凝如血。"后因以"红泪"称美人泪。明王彦泓《金缕曲》："珊枕梦，乍惊醒。"

又

万帐穹庐人醉①，星影摇摇欲坠②。归梦隔狼河，又被河声搅碎。还睡，还睡。解道醒来无味。

【笺注】

①穹庐：古代游牧民族居住的毡帐。《汉书·匈奴传下》："匈奴父子同穹庐卧。"颜师古注："穹庐，旃帐也。其形穹隆，故曰穹庐。"

②星影：倒映在水面上星辰。唐杜甫《阁夜》："五更鼓角声悲壮，三峡星河影动摇。"宋张孝祥《水调歌头·金山观月》："倒影星辰摇动，海气夜漫漫。"

＊此词补遗自《纳兰词》，许增编，清光绪六年娱园刻本。

采桑子

彤霞久绝飞琼字①，人在谁边②？人在谁边？今夜玉清眠不眠③？

香消被冷残灯灭，静数秋天，静数秋天，又误心期到下弦④。

【笺注】

①彤霞：代指仙境。宋赵鼎《燕归梁》："绰约彤霞降紫霄，是仙子风标。"飞琼：仙女名，后泛指仙女。《汉武帝内传》："王母乃命诸侍女……许飞琼鼓震灵之簧。"宋柳永《玉女摇仙佩》："佳人飞琼伴侣，偶别珠宫，未返神仙行缀。"

②谁边：何处，哪里。

③玉清：有两说，一是道家三清境之一，为元始天尊所居。二是神仙名。陈士元《名疑》卷四引唐李冗《独异志》："梁玉清，织女星侍儿也。秦始皇时，太白星窃玉清逃入衙城小仙洞，十六日不出，天帝怒谪玉清于北斗下。"

④心期：心愿，心意。下弦：农历每月二十二日或二十三日，太阳跟地球的连线和地球跟月亮的连线成直角时，在地球上看到月亮呈反"D"字形，这种月相称下弦。宋晏几道《采桑子》："夜痕记尽窗间月，曾误心期。"

又

谁翻乐府凄凉曲[①]？风也萧萧，雨也萧萧，瘦尽灯花又一宵[②]。

不知何事萦怀抱，醒也无聊，醉也无聊，梦也何曾到谢桥[③]。

【笺注】

①翻：演奏，演唱。唐司空图《杨柳枝·寿怀词》之一："乐府翻来占太平，风光无处不含情。"

②瘦尽灯花又一宵：灯花，灯心余烬结成的花状物。清曹溶《采桑子》："忆弄诗瓢，落尽灯花又一宵。"

③谢桥：谢娘桥，相传六朝时即有此桥名。谢娘，未详何人，或谓名谢秋娘者，泛指为内心爱恋的女性。宋晏几道《鹧鸪天》："梦魂惯得无拘检，又踏杨花过谢桥。"

又

严霜拥絮频惊起，扑面霜空。斜汉朦胧[1]，冷逼毡帷火不红[2]。

香篝翠被浑闲事[3]，回首西风。何处疏钟[4]，一毯灯花似梦中[5]。

【笺注】

①斜汉：指秋天向西南方向偏斜的银河。《文选·谢庄〈月赋〉》："斜汉左界，北陆南躔。"李善注："汉，天汉也。"李周翰注："秋时又汉西南斜，远于左界。"

②毡帷：毡帐。宋杨万里《霰》："寒声带雨山难白，冷气侵入火失红。"

③香篝：熏笼。宋周邦彦《花犯·梅花》："更可惜，雪中高树，香篝薰素被。"

④疏钟：稀疏的钟声。五代南唐冯延巳《采桑子》："日暮疏钟，双燕归栖画阁中。"

⑤毯：古同"穗"。明王彦泓《洞仙歌》："打窗风急，闪一灯红穗。"明施绍莘《前调·雨夜醉中作》："偏是雨帘风被，罨盏灯花一穗。"

又

那能寂寞芳菲节①，欲话生平。夜已三更，一阕悲歌泪暗零。

须知秋叶春花促，点鬓星星②。遇酒须倾，莫问千秋万岁名③。

【笺注】

①芳菲节：花草盛美的时节。五代蜀毛熙震《后庭花》："莺啼燕语芳菲节。"

②点鬓：点染两鬓。宋刘克庄《鹊桥仙·戊戌生朝》："玄花生眼，新霜点鬓。"也指花白的鬓发。星星：头发花白貌。唐韦庄《寓言》："惆怅沧江上，星星鬓有丝。"

③千秋万岁名：唐杜甫《梦李白二首》之二："千秋万岁名，寂寞身后事。"

又

冷香萦遍红桥梦^①，梦觉城笳。月上桃花，雨歇春寒燕子家。

箜篌别后谁能鼓^②，肠断天涯。暗损韶华，一缕茶烟透碧纱^③。

【笺注】

①红桥：红色之桥。唐白居易《新春江次》：“鸭头新绿水，雁齿小红桥。”

②箜篌：古代拨弦乐器名，有竖式和卧式两种。乐府诗《焦仲卿妻》：“十五弹箜篌，十六诵诗书。”古有“箜篌引”“箜篌谣”，或言夫亡，妻亦随之；或言结交当有始终。这里的箜篌有象征思念之意。鼓：敲击或弹奏乐器。《诗·小雅·鼓钟》：“鼓钟钦钦，鼓瑟鼓琴。”孔颖达疏：“以鼓瑟鼓琴类之，故鼓钟为击锺也。”

③透碧纱：穿过纱窗。五代南唐张泌《柳枝》：“腻粉琼妆透碧纱。”

又　九日

深秋绝塞谁相忆，木叶萧萧。乡路迢迢，六曲屏山和梦遥[1]。

佳时倍惜风光别，不为登高[2]。只觉魂销[3]，南雁归时更寂寥。

【笺注】

①六曲屏山：六扇屏风。宋赵孟坚《花心动》："斗帐半褰，六曲屏山，憔悴似不胜衣。"这里代指作者念及的闺阁佳人。

②登高：农历九月初九有登高的风俗。南朝梁吴均《续齐谐记·九日登高》："汝南桓景随费长房游学累年。长房谓曰：'九月九日汝家中当有灾，宜急去，令家人各作绛囊盛茱萸以系臂，登高饮菊花酒，此祸可除。'景如言，齐家登山。夕还，见鸡犬牛羊一时暴死。长房闻之曰：'此可代也。'今世人九日登高饮酒，妇人带茱萸囊，盖始于此。"

③魂销：谓灵魂离体而消失，这里形容极度悲伤。

又　咏春雨

嫩烟分染鹅儿柳①，一样风丝。似整
如欹②，才著春寒瘦不支。

凉侵晓梦轻蝉腻③，约略红肥④。不
惜葳蕤⑤，碾取名香作地衣⑥。

【笺注】

①嫩烟：比喻初春时节的蒙蒙云烟雨雾。宋林逋《湖上初
春偶作》："文禽相并映短草，翠潋欲生浮嫩烟。"鹅儿：鹅黄
色。宋刘弇《清平乐》："东风依旧，著意隋堤柳。搓得鹅儿
黄欲就，天气清明时候。"

②欹（qī）：倾斜。

③凉侵晓梦：宋叶梦得《临江仙·送章长卿还姑苏兼寄程
致道》："碧瓦新霜侵晓梦，黄花已过清秋。"轻蝉：古代妇女
的一种发式，两鬓薄如蝉翼，故称。这里借指妇女。晋崔豹
《古今注·杂注》："魏文帝宫人绝所宠者，有莫琼树、薛夜
来、田尚衣、段巧笑，日夕在侧，琼树乃制蝉鬓。缥眇如蝉
翼，故曰蝉鬓。"

④红肥：花盛开。宋蒋捷《高阳台·江阴道中有怀》：

“待归时，叶底红肥，细雨如尘。”

⑤葳（wēi）蕤（ruí）：草木茂盛枝叶下垂貌。

⑥碾：压碎。宋陆游《卜算子·咏梅》：“零落成泥碾作尘，只有香如故。”名香：名贵之香，这里代指落红。地衣：地毯。宋秦观《阮郎归》：“落红成地衣。”宋辛弃疾《粉蝶儿》：“甚无情，便下得，雨僝风僽。向园林、铺作地衣红绉。”

又　塞上咏雪花

非关癖爱轻模样①，冷处偏佳。别有根芽，不是人间富贵花②。

谢娘别后谁能惜③，飘泊天涯。寒月悲笳④，万里西风瀚海沙⑤。

【笺注】

①轻模样：雪花轻盈飞舞的姿态。宋孙道绚《清平乐·雪》："悠悠飏飏，做尽轻模样。半夜萧萧窗外响，多在梅梢柳上。"

②富贵花：指牡丹。宋周敦颐《爱莲说》："菊，花之隐逸者也；牡丹，花之富贵者也。"

③谢娘：晋王凝之妻谢道韫有文才，有咏雪诗句"未若柳絮因风起"，后人因称才女为"谢娘"。

④悲笳：笳，古时军中的号角，声悲壮。悲笳谓笳声悲凉。唐杜甫《后出塞》："悲笳数声动，壮士惨不骄。"

⑤瀚海：指茫茫沙漠戈壁。北朝后周庾信《周骠骑大将军开府侯莫陈道生墓志铭》："凝阴远寂，广漠平寒。沙穷瀚海，地尽皋兰。"

又

桃花羞作无情死，感激东风。吹落娇
红，飞入闲窗伴懊侬①。

谁怜辛苦东阳瘦②，也为春慵③。不
及芙蓉④，一片幽情冷处浓⑤。

【笺注】

①懊（ào）侬（nóng）：烦闷。这里指烦闷之人。

②东阳瘦：指南朝梁沈约，因其曾为东阳守，故称。《梁
书·沈约传》："（沈约）永明末，出守东阳……百日数旬，革
带常应移孔；以手握臂，率计月小半分。"原谓沈约因操劳日
渐消瘦，后以"东阳消瘦"为形容体瘦的典故。宋苏轼《临
江仙·赠王友道》："谁道东阳都瘦损，凝然点漆精神。"

③春慵：春天时节的懒散情绪。

④芙蓉：背面铸有芙蓉花饰的铜镜，用"芙蓉镜"之典。
唐段成式《酉阳杂俎续集·支诺皋中》："相国李公固言，元
和六年下第游蜀，遇一老姥，言：'郎君明年芙蓉镜下及第，
后二纪拜相，当镇蜀土，某此时不复见郎君出将之荣也。'明
年，果然状头及第，诗赋题有《人镜芙蓉》之目。后二十年，

李公登庸。"

⑤一片幽情冷处浓：明王彦泓《寒词》："个人真与梅花
似，一日幽香冷处浓。"

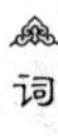

又

海天谁放冰轮满[1]，惆怅离情。莫说
离情，但值凉宵总泪零。

只应碧落重相见[2]，那是今生。可奈
今生[3]，刚作愁时又忆卿。

【笺注】

①冰轮：指明月。明龚用卿《太常引·九月望日登东城
楼》："冰轮正满，海天廖廓，皎洁望中盈。"

②碧落：青天。宋朱敦儒《临江仙》："玉轮飞碧落，银
幕换层城。"

③那是：岂是、哪是。

又

明月多情应笑我①，笑我如今②。辜负春心③，独自闲行独自吟。

近来怕说当时事，结遍兰襟④。月浅灯深，梦里云归何处寻⑤。

【笺注】

①明月多情应笑我：宋苏轼《念奴娇·赤壁怀古》："故国神游，多情应笑我，早生华发。"

②笑我如今：宋晏几道《采桑子》："莺花见尽当时事，应笑如今。一寸愁心。"

③春心：春景所引发的意兴或情怀，这里犹指男女间的情愫。《楚辞·招魂》："目极千里兮伤春心，魂兮归来哀江南。"王逸注："言湖泽博平，春时草短，望见千里，令人愁思而伤心也。"唐李商隐《无题》诗："春心莫与花争发，一寸相思一寸灰。"

④兰襟：芬芳的衣襟，喻红颜知己。宋晏几道《采桑子》："别来常记西楼事，结遍兰襟。遗恨重寻。弦断相如绿绮琴。"

⑤月浅灯深，梦里归何处寻：宋晏几道《清平乐》："梦云归处难寻，微凉安如香襟。犹恨那回庭院，依前月浅灯深。"

又

拨灯书尽红笺也①，依旧无聊。玉漏迢迢②，梦里寒花隔玉箫③。

几竿修竹三更雨，叶叶萧萧。分付秋潮④，莫误双鱼到谢桥⑤。

【笺注】

①红笺：红色笺纸，多用以题写诗词或作名片等。原指薛涛笺。唐女诗人薛涛晚年寓居成都浣花溪，自制深红小彩笺写诗，时人称"薛涛笺"。唐李匡乂《资暇集》卷下："松花笺其来旧矣。元和初，薛陶尚斯色，而好制小诗，惜其幅大，不欲长，乃命匠人狭小之。蜀中才子既以为便，后减诸笺亦如是，特名曰'薛涛笺'。今蜀纸有小样者皆是也，非独松花一色。"宋晏殊《清平乐》："红笺小字，说尽平生意。"宋晏几道《浣溪沙》："绿酒细倾销别恨，红笺小写问归期。"

②玉漏：古时计时漏壶的美称。宋秦观《南歌子》三首之一："玉漏迢迢尽，银潢淡淡横。"

③寒花：寒冷时节开放的花，多指菊花、梅花等，这里代指心爱之女子。宋晏几道《留春令》："懊恼寒苑暂时香，与

情浅、人相似。”唐司空曙《送王尊师归湖州》："金阙乍看迎日丽，玉箫遥听隔花微。"

④秋潮：明王彦泓《错认》："夜视可怜明似月，秋期只愿信如潮。"

⑤双鱼：古时把书信夹在一底一盖的鱼形木板内，常代指书信。唐代唐彦谦《寄台省知己》："久怀声籍甚，千里致双鱼。"

又

凉生露气湘弦润^①，暗滴花梢。帘影谁摇，燕蹴风丝上柳条^②。

舞鹠镜匣开频掩^③，檀粉慵调^④。朝泪如潮^⑤，昨夜香衾觉梦遥。

【笺注】

①湘弦：即湘瑟。湘妃所弹之瑟，代指瑟这一弦乐器。唐孟郊《湘弦怨》："湘弦少知意，孤响空踟蹰。"

②蹴：踩，踏。宋秦观《满庭芳》："古台芳榭，飞燕蹴红英。"此句用宋欧阳修《浣溪沙》："柳丝摇曳燕飞忙"之意境。

③舞鹠：形似鹤，黄白色。《异苑》："矿山鸡爱其羽毛，映水则舞，魏武时南方献之。公子苍舒令置大镜前，鸡鉴形而舞，不知止，遂乏死。"镜匣：盛梳妆用品的匣子。其中装有可以支起来的镜子。

④檀粉：化妆用的香粉。宋贺铸《诉衷情》之二："半销檀粉睡痕新，背镜照樱唇。"

⑤如潮：极言眼泪之多。清董元恺《少年游·江楼秋怀和柳屯田韵》："眼泪如潮，枕痕似水，终夜尽情流。"

又

　　土花曾染湘娥黛①，铅泪难消②。清
韵谁敲③，不是犀椎是凤翘④。

　　只应长伴端溪紫⑤，割取秋潮⑥。鹦
鹉偷教，方响前头见玉箫⑦。

【笺注】

　　①土花：器物表面长期受泥土剥蚀而留下的痕迹。唐李商
隐《李夫人歌》之三："土花漠漠云茫茫，黄河欲尽天苍黄。"
宋史达祖《玉蝴蝶》："土花庭甃，虫网阑干。"湘娥：舜妃娥
皇和女英，此处泛指女子。黛：眉黛。明末清初陶澂《浮
湘》："湘娥染黛几千岁，朝暮只临明镜中。"

　　②铅泪：晶莹凝聚的眼泪。唐李贺《金洞仙人辞汉歌》：
"空将汉月出宫门，忆君清泪如铅水。"

　　③清韵：清雅和谐的声音或韵味。

　　④犀椎：犀槌。古代打击乐器方响中的犀角制小槌。唐苏
鹗《杜阳杂编》卷中："（阿翘）俄遂进白玉方响，云本吴元
济所与也，光明皎洁，可照十数步。言其犀槌，即响犀也，凡
物有声，乃响应其中焉。"凤翘：妇女凤形首饰。宋周邦彦

《南乡子·拨燕巢》："不道有人潜看着。从教，掉下鬖心与凤翅。"

⑤端溪：溪名，在广东省高要县东南，产砚石。制成者称端溪砚或端砚，为砚中上品，后即以"端溪"称砚台。端溪紫，为端砚中的佳品。宋文同《谢杨侍读惠端溪紫石砚》："语次座上物，砚有紫石英。云在岭使得，渠常美其评。"

⑥割取秋潮：割取，分割获取。秋潮，此处犹秋波、秋水。唐李商隐《房中曲》："枕是龙宫石，割得秋波色。"

⑦方响：古磬类打击乐器。创始于南朝梁，为隋唐燕乐中常用乐器。由十六枚大小相同、厚薄不一的长方铁片组成，分两排悬于架上。用小铁槌击奏，声音清浊不等。《渊监类函》卷四百二十一"鸟部"引《青林诗话》："蔡确贬新州，侍儿名琵琶者随之。有鹦鹉甚慧，公每叩响板，鹦鹉传呼琵琶。后卒，误触响板，鹦鹉犹呼不已。公怏怏不乐，有诗云：'鹦鹉言犹在，琵琶事已非。伤心瘴江水，同渡不同归。'"玉箫：人名。唐范摅《云溪友议》卷三载，传说唐韦皋未仕时，寓江夏姜使君门馆，与侍婢玉箫有情，约为夫妇。韦归省，愆期不至，箫绝食而卒。后玉箫转世，终为韦侍妾。这里代指已亡故的女子。

又

白衣裳凭朱阑立①，凉月趖西②。点鬓霜微③，岁晏知君归不归④？

残更目断传书雁⑤，尺素还稀⑥。一味相思，准拟相看似旧时⑦。

【笺注】

①白衣裳凭朱阑立：明王彦泓《寒词》："况复此宵兼雪月，白衣裳凭赤阑干。"

②趖（suō）：走，移动。

③点鬓霜微：宋晁补之《蓦山溪·和王定国朝散忆广陵》："吴霜点鬓，流落共天涯。"

④岁晏：一年将尽之时。唐温庭筠《题中南佛塔寺诗》："桂树芳阴在，还期负晏归。"

⑤残更：旧时将一夜分为五更，第五更时称残更。唐顾况《南归》："急雨江帆重，残更驿树深。"目断：犹望断，一直望到看不见。

⑥尺素：本指小幅的绢帛，古时多用来写信，后多代指书信。

⑦相看似旧时：宋晏几道《采桑子》："秋来更觉销魂苦，小字还稀。坐想行思，怎得相看似旧时。"

又

谢家庭院残更立[①]，燕宿雕梁[②]。月度银墙，不辨花丛那辨香[③]。

此情已自成追忆[④]，零落鸳鸯。雨歇微凉，十一年前梦一场。

【笺注】

①谢家：指闺房。唐温庭筠《更漏子》："香雾薄，透重幙，惆怅谢家池阁。"华钟彦注："唐李太尉德裕有妾谢秋娘，太尉以华屋贮之，眷之甚隆，词人因用其事，而称谢家。盖泛指金闺之意，不必泥于秋娘也。"宋晏殊《少年游》："谢家庭槛晓无尘。"

②燕宿雕梁：宋晏几道《少年游》："雕梁燕去，裁诗寄远，庭院旧风流。"

③不辨花丛那辨香：唐元稹《杂忆》："寒轻夜浅绕回廊，不辨花丛暗辨香。"明王彦泓《和孝仪看灯》："欲换明妆自忖量，莫教难认暗衣裳。忽然省得钟情句，不辨花丛却辨香。"

④此情已自成追忆：唐李商隐《锦瑟》："此情可待成追忆，只是当时已惘然。"

又

而今才道当时错[1]，心绪凄迷。红泪偷垂[2]，满眼春风百事非[3]。

情知此后来无计，强说欢期[4]。一别如斯，落尽梨花月又西[5]。

【笺注】

①而今才道当时错：宋刘克庄《忆秦娥》："古来成败难描模，而今却悔当时错。"

②红泪：美人之泪。宋晏几道《醉落魄》："两行红泪尊前落。"

③满眼春风：唐李贺《三月》："东方风来满眼春。"又宋辛弃疾《破阵子·赠行》："少日满眼春风，而今秋夜辞柯。"

④欢期：欢聚的时日。宋晏几道《凤孤飞》："依前是、粉墙别馆，端的欢期应未晚。"

⑤落尽梨花：唐李贺《十二月乐辞·三月》："曲水飘香去不归，梨花落尽成秋苑。"又宋朱淑真《生查子》："不忍卷帘看，寂寞梨花落。"月又西：宋辛弃疾《江神子·和李能伯韵呈赵晋臣》："长夜笙歌还起问，谁放月，又西沉。"

又　居庸关

　　巂周声里严关峙[①]，四马登登[②]。乱踏黄尘。听报邮签第几程[③]。

　　行人莫话前朝事，风雨诸陵。寂寞鱼灯[④]。天寿山头冷月横[⑤]。

【笺注】

　　①巂（xī）周：巂，亦作"嶲"。本为燕的别名，亦用以称子规鸟，即杜鹃鸟。《尔雅·释鸟》"巂周"郭璞注："子巂鸟出蜀中。"

　　②登登：象声词，指马蹄声。金董解元《西厢记诸宫调》卷六："骑着瘦马儿圪登登的又上长安道。"

　　③邮签：驿馆驿船等夜间报时的更筹。宋方岳《次韵酬其又》："心事一鸥轻，邮签夜卜程。"

　　④鱼灯：即鱼烛，人鱼膏做的烛。《史记·秦始皇本纪》："葬始皇郦山……以人鱼膏为烛，度不灭者久之。"南朝梁元帝萧绎《咏池中烛影诗》："鱼灯且灭烬，鹤焰暂停辉。"

　　⑤天寿：山名，在今北京昌平北，明代十三个皇帝的陵墓建于此。

　　*此词补遗自《纳兰词》，许增编，清光绪六年娱园刻本。

台城路　洗妆台怀古[①]

六宫佳丽谁曾见，层台尚临芳渚[②]。
露脚斜飞[③]，虹腰欲断[④]，荷叶未收残雨。
添妆何处。试问取雕笼[⑤]，雪衣分付[⑥]。
一镜空蒙[⑦]，鸳鸯拂破白苹[⑧]去。

相传内家结束[⑨]，有帕装孤稳[⑩]，靴
缝女古[⑪]。冷艳全消，苍苔玉匣[⑫]，翻出
十眉遗谱[⑬]。人间朝暮。看胭粉亭西[⑭]，
几堆尘土。只有花铃[⑮]，绾风深夜语。

【笺注】

　①洗妆台：指金章宗为李宸妃所建之梳妆楼，在今北京北
海琼华岛上。清高士奇《金鳌退食笔记》称为"广寒之殿"，
今已不存。明王圻《稗史汇编·地理门·郡邑》："琼花岛梳
妆台皆金故物也。……妆台则章宗所营，以备李妃行园而添妆
者。"自注云："都人讹为萧太后梳妆楼。"作者以及同时代的
文人雅士都误以为是辽萧太后梳妆楼。萧太后，即辽道宗懿德
皇后萧观音，能诗善文，曾撰文劝谏辽道宗不可再沉湎田猎，

写诗让丈夫回心转意。

②层台：重台，高台。《楚辞·招魂》："层台累榭，临高山些。"王逸注："层、累，皆重也。"隋刘臻《河边古树诗》："奇树临芳渚，半死若龙门。"

③露脚：露滴。唐李贺《李凭箜篌引》："露脚斜飞湿寒兔。"又宋姜夔《自制曲·秋宵吟》："露脚斜飞云表。"

④虹腰：虹的中部。清毛先舒《前调·自快》："翠螺浮来，虹腰忽断，零落风情晚未收。"

⑤雕笼：指雕刻精致的鸟笼。三国魏祢衡《鹦鹉赋》："闭以雕笼，剪其翅羽。"又宋黄庭坚《两同心》："樽前见，玉槛雕笼，堪爱难亲。"

⑥雪衣：雪衣女这里指白色羽毛的鹦鹉。《太平广记》卷四六〇引唐胡璩《谭宾录·雪衣女》："天宝中，岭南献白鹦鹉，养之宫中。岁久，颇甚聪慧，洞晓言词，上及贵妃，皆呼为雪衣女。"前蜀贯休《还举人歌行卷》诗："古松直笔雷不折，雪衣女啄蟠桃缺。"分付：交付，寄意。

⑦一镜：指像一面明镜的平水，这里指太液池。

⑧白苹：水中浮草。

⑨内家：指皇宫，宫廷。结束：装束，打扮。

⑩孤稳：玉，古代契丹语的音译。《辽史·国语解》："孤稳，玉也。"辽王鼎《焚椒录》："宫中为（懿德皇后）语曰：'孤稳压帕女古靽，菩萨唤作耨斡幺。'盖言以玉饰首，以金饰足，以观音作皇后也。"

⑪女古：黄金，契丹语音译。《辽史·营卫志上》："女古斡鲁朵，圣宗置。是为兴圣宫。金曰'女古'。"

⑫苍苔：青色苔藓。

⑬十眉：十眉图。十样不同的美女眉型画图。唐玄宗命画

工绘制。明杨慎《丹铅续录·十眉图》："唐明皇令画工画十眉图。一曰鸳鸯眉，又名八字眉；二曰小山眉，又名远山眉；三曰五岳眉；四曰三峯眉；五曰垂珠眉；六曰月棱眉，又名却月眉；七曰分梢眉；八曰逐烟眉；九曰拂云眉，又名横烟眉；十曰倒晕眉。"

⑭胭粉：脂粉，借指妇女。

⑮花铃：指用以惊吓鸟雀的护花铃。五代王仁裕《开元天宝遗事·花上金铃》："至春时，于后园中纫红丝为绳，密缀金铃，系于花梢之上。每有鸟鹊翔集，则令园吏掣铃索以惊之，盖惜花之故也。"

又　上元

阑珊火树鱼龙舞①，望中宝钗楼远②。�余红③，琉璃剩碧④，待嘱花归缓缓⑤。寒轻漏浅。正乍敛烟霏，陨星如箭⑥。旧事惊心，一双莲影藕丝断⑦。

莫恨流年逝水，恨销残蝶粉⑧，韶光忒贱⑨。细语吹香，暗尘笼鬓，都逐晓风零乱⑩。阑干敲遍⑪。问帘底纤纤⑫，甚时重见？不解相思，月华今夜满⑬。

【笺注】

①火树：指用竿架装饰的焰火，比喻繁盛的灯火。唐苏味道《观灯》："火树银花合，星桥铁锁开。"鱼龙：指鱼形、龙形的灯。宋辛弃疾《青玉案·元夕》："凤箫声动，玉壶光转，一夜鱼龙舞。"

②宝钗楼：唐宋时咸阳酒楼名，这里泛指京城中的阁楼亭台。宋邵博《闻见后录》卷十九："予尝秋日饯客咸阳宝钗楼上，汉诸陵在晚照中，有歌此词者，一坐凄然而罢。"宋陆游

《对酒》："但恨宝钗楼，胡沙隔咸阳。"自注："宝钗楼，咸阳旗亭也。"

③鞢鞢：宝石名。即红玛瑙，色红，隐晶质，产鞢鞢，故称。《旧唐书·肃宗纪》："楚州刺史崔侁献定国宝玉十三枚……七曰红鞢鞢，大如巨栗，赤如樱桃。"

④琉璃：一种有色半透明的玉石。《后汉书·西域传·大秦》："土多金银奇宝、有夜光璧、明月珠、骇鸡犀、珊瑚、虎魄、琉璃、琅玕、朱丹、青碧。"

⑤待嘱花归缓缓：吴越王钱镠的爱妃每到春天都会回临安河亲。一年，钱镠坐在大殿上，思念爱妃，写信道："陌上花开，可缓缓归矣。"宋姜夔《鹧鸪天·正月十一日观灯》："沙河塘上春寒浅，看了游人缓缓归。"

⑥陨星：绚烂的烟花。宋辛弃疾《青玉案·元夕》："东风夜放花千树，更吹落、星如雨。"

⑦藕丝：莲藕折断，藕丝相连，喻男女情意绵绵。宋晏殊《渔家傲》："一把藕丝牵不断。"

⑧蜨粉：唐人宫妆。唐李商隐《酬崔八早梅有赠兼示之作》："何处拂胸资蜨粉，几时涂额藉蜂黄。"冯浩笺注："按：《野客丛书》引《草堂诗余注》：蜨粉蜂黄，唐人宫妆也。且引此联以证之。然粉面额黄，岂始唐时哉？"

⑨韶光：春光。明汤显祖《牡丹亭·惊梦》："雨丝风片，烟波画船，锦屏人忒看的这韶光贱。"

⑩晓风零乱：明末清初陈子龙《前调》："冰心寂寞难禁，早被晓风零乱又春深。"又顾贞观《忘梅·中秋》："怕珮声、钗影俱逐，晓风零乱。"

⑪阑干敲遍：宋欧阳修《踏莎行》："阑干敲遍不应人，分明帘下闻裁剪。"又宋周邦彦《感皇恩》："绮窗依旧，敲遍

阑干谁应。"

⑫帘底纤纤：帘底露出女子的纤足，这里代指女子。宋辛弃疾《念奴娇》："闻道绮陌东头，行人曾见，帘底纤纤月。"

⑬月华：月光，月色。唐陆龟蒙《赠远》："怨生泣西风，秋窗月华满。"

又　塞外七夕

白狼河北秋偏早①，星桥又迎河鼓②。清漏频移③，微云欲湿，正是金风玉露④。两眉愁聚⑤。待归踏榆花⑥，那时才诉。只恐重逢，明明相视更无语。

人间别离无数，向瓜果筵前⑦，碧天凝伫。连理千花⑧，相思一叶⑨，毕竟随风何处。羁栖良苦。算未抵空房，冷香啼曙⑩。今夜天孙⑪，笑人愁似许。

【笺注】

①白狼河：《水经注疏》卷十四："辽水右会白狼水。"白狼河，即大凌河。白狼河北，泛指广大塞外边地。唐沈佺期《独不见》："白狼河北音书断，丹凤城南秋夜长。"

②星桥：神话中的鹊桥。河鼓：星名。属牛宿，在牵牛之北。《史记·天官书》："牵牛为牺牲。其北河鼓，河鼓大星，上将；左右，左右将。"宋欧阳修《渔家傲》："河鼓无言西北盼，香娥有恨东南远。脉脉横波珠泪满。归心乱，离肠便逐星

桥断。”

③清漏：清晰的滴漏声。古代以漏壶滴漏计时。

④金风玉露：秋风和白露，以之借指秋天。唐李商隐《辛未七夕》：“由来碧落银河畔，可要金风玉露时。清漏渐移相望久，微云未接过来迟。”

⑤两眉聚愁：宋晏殊《浣溪沙》：“月好谩成孤枕梦，酒阑空得两眉愁。”又宋柳永《甘草子》之二：“聚两眉离恨。”

⑥榆花：俗称榆钱。唐曹唐《织女怀牛郎》：“欲将心就仙郎说，借问榆花早晚秋。”

⑦瓜果筵：南朝梁宗懔《荆楚岁时记》：“七月七日为牵牛织女聚会之夜。是夕，人家妇女结彩缕，穿七孔针（旧俗七夕妇女穿针乞巧所用的针），或以金银鍮石为针，陈瓜果于庭中以乞巧，有喜子网于瓜上则以为符应。”

⑧连理：异根草木，枝干连生。喻结为夫妇或男女欢爱。唐白居易《长恨歌》：“七月七日长生殿，夜半无人私语时。在天愿作比翼鸟，在地愿为连理枝。”千花：唐皇甫松《竹枝》：“木棉花尽荔枝垂，千花万花待郎归。”

⑨相思一叶：唐李白《长相思》：“相思黄叶落。”又宋晏殊《采桑子》：“林间摘遍双双叶，寄于相思。”

⑩冷香：清香的花或花的清香。此处借指妇女。

⑪天孙：即织女星。《史记·天官书》：“河鼓大星，……其北织女。织女者，天孙也。”宋苏轼《菩萨蛮·新月》：“遥认玉帘钩，天孙梳洗楼。”

玉连环影

何处，几叶萧萧雨[①]。湿尽檐花[②]，花底人无语。掩屏山[③]，玉炉寒[④]，谁见两眉愁聚倚阑干[⑤]。

【笺注】

①几叶潇潇雨：宋晏殊《踏莎行》："高楼目尽欲黄昏，梧桐叶上潇潇雨。"

②檐花：靠近屋檐下边开的花。唐杜甫《醉时歌》："清夜沉沉动春酌，灯前细雨檐花落。"赵次公注："檐花近乎檐边之花也。学者不知所出，或以檐雨之细如水，或遂以檐花为檐雨之名。故特为详之。"

③屏山：此处指屏风。唐温庭筠《菩萨蛮》："无言匀睡脸，枕上屏山掩。"

④玉炉：熏炉的美称。五代蜀顾夐《虞美人》："翠帏香粉玉炉寒。"

⑤两眉愁聚倚阑干：宋柳永《歇指调·祭天神》："听空阶和漏，碎声斗滴愁眉聚。"五代南唐李煜《捣练子》："云鬟乱，晚妆残。带恨眉儿远岫攒。斜托香腮春笋嫩，为谁和泪倚阑干。"

又

才睡，愁压衾花碎①。细数更筹②，眼看银虫坠③。梦难凭，讯难真，只是赚伊终日两眉攒④。

【笺注】

①衾花：指织印在被子上的花卉图案。

②更筹：古代夜间报更用的计时竹签。南朝梁庾肩吾《奉和春夜应令》："烧香知夜漏，刻烛验更筹。"这里借指时间。宋晁端礼《金盏子》："遥夜枕冷衾寒，数更筹无寐。"

③银虫：蠹鱼的俗称，这里用来喻指灯花。

④赚：赚得，赢得。攒：攒眉。宋柳永《浪淘沙令》："应是西施娇困也，眉黛双攒。"

*此词补遗自《纳兰词》，许增编，清光绪六年娱园刻本。

又　雪

　　密洒征鞍无数①，冥迷远树②。乱山
重叠杳难分，似五里、蒙蒙雾。

　　惆怅琐窗深处③，湿花轻絮④。当时
悠扬得人怜⑤，也都是、浓香助。

【笺注】

①征鞍：犹征马。指旅行者所乘的马。

②冥迷：阴暗迷茫。唐杜牧《阿房宫赋》："高低冥迷，不知西东。"

③琐窗：镂刻有连琐图案的窗棂。清毛媞《丑奴儿令·春闺》："锁窗深处无人见，别是幽清。"

④湿花：指雪花。北周庾信《同颜大夫初晴诗》："湿花飞未远，阴云敛向低。"

⑤悠扬：飘扬，飞扬。

谒金门

风丝袅^①，水浸碧天清晓^②。一镜湿云青未了^③，雨晴春草草^④。

梦里轻螺谁扫^⑤？帘外落花红小^⑥。独睡起来情悄悄，寄愁何处好？

【笺注】

①风丝：指微风。袅：微风吹拂。

②水浸碧天：宋欧阳修《蝶恋花》："水浸碧天风皱浪。"清晓：天微微亮时。宋晏殊《迎春乐》："被啼莺语燕催清晓。"

③青未了：谓秀发青丝茂美。唐杜甫《望岳》："岱宗夫如何，齐鲁青未了。"

④草草：忧心的样子。《诗经·小雅·巷伯》："骄人好好，劳人草草。"

⑤轻螺：指淡淡的黛眉。

⑥帘外落花：唐温庭筠《春晓曲》："笼中娇鸟暖犹睡，帘外落花闲不扫。"红小：宋晏几道《临江仙》："绿娇红小正堪怜。"

四和香

麦浪翻晴风飐柳[①]，已过伤春候[②]。
因甚为他成僝僽[③]，毕竟是春迤逗[④]。

　　红药阑边携素手[⑤]，暖语浓于酒。盼
到园花铺似绣，却更比春前瘦。

【笺注】

　　①麦浪翻晴：清顾贞观《东风第一枝·用史梅溪韵》：
"麦浪翻晴，柳烟吹暮，可怜时候新暖。"风飐（zhǎn）柳：
风吹柳条颤动。

　　②伤春：因春天到来而引起忧伤、苦闷。候：时节。

　　③僝（chán）僽（zhòu）：烦恼，愁苦。

　　④迤逗：挑逗，引诱。

　　⑤红药：芍药花。宋欧阳修《醉蓬莱》："红药阑边，恼
不教伊过。"又宋赵长卿《长相思·春浓》："药栏东，药栏
西。记得当时素手携。"

海棠月　瓶梅

重檐淡月浑如水，浸寒香一片小窗里①。双鱼冻合②，似曾伴个人无寐。横眸处③，索笑而今已矣④。

与谁更拥灯前髻⑤，乍横斜疏影疑飞坠⑥。铜瓶小注⑦，休教近麝炉烟气⑧。酬伊也，几点夜深清泪。

【笺注】

①寒香：清冽的香气，形容梅花的香气。宋秦观《满庭芳·赏梅》："休道寒香较晚，芳丛里、便觉孤高。"

②双鱼：这里指双鱼形的盥洗器皿。宋张元幹《夜游宫》："半吐寒梅未拆，双鱼洗、病渐初结。"

③横眸：流动的眼神。隋卢思道《日出东南隅行》："深情出艳语，密意满横眸。"

④索笑：犹逗乐，取笑。宋陆游《梅花》："不愁索笑无多子，惟恨相思太瘦生。"

⑤拥灯前髻：汉伶玄《赵飞燕外传》附《伶玄自叙》："通德（伶玄之妾，曾为汉成帝宫中婢女）占袖，顾视烛影，

以用拥髻，凄然泣下，不胜其悲。"拥髻，灯下以手拥捧发髻，有说旧事生悲慨之意。宋朱敦儒《浣溪沙》："拥髻凄凉论旧事，曾随织女度银梭。"明王彦泓《予怀》："何年却话当年恨，拥髻灯边侍子于。"

⑥横斜、疏影：宋《山园小梅》："疏影横斜水清浅，暗香浮动月黄昏。"

⑦小注：注水用的器皿。宋刘过《沁园春·赠王禹锡》："自注铜瓶，做梅花供尊前树枝。"

⑧麝炉烟气：焚麝香散发出的烟气。古人认为麝香不宜于花，瓶中梅花自然要远离麝炉烟气。明王彦泓《寒词》："终是护花心意切，倩郎移过镜函边。"自注："瓶花畏香，故嫌相逼。"

金菊对芙蓉　上元①

金鸭消香②，银虬泻水③，谁家夜笛飞声？正上林雪霁④，鸳甃晶莹⑤、鱼龙舞罢香车杳⑥，剩尊前袖掩吴绫⑦。狂游似梦⑧，而今空记，密约烧灯⑨。

追念往事难凭。叹火树星桥，回首飘零。但九逵烟月⑩，依旧笼明。楚天一带惊烽火，问今宵可照江城⑪？小窗残酒，阑珊灯炧⑫，别自关情。

【笺注】

①上元：节日名。俗以农历正月十五日为上元节，亦称元宵节。康熙十八年（1679）秋，词人好友张纯修离京赴任湖南江华县。此词原作于康熙十九年正月，《瑶华集》存其初稿。"楚天"以下数句作"锦江烽火连三月，与蟾光、同照神京"，及至同年四月二十一日，词人寄张纯修，改动若干字句。

②金鸭：一种镀金的鸭形铜香炉。宋晏殊《诉衷情》："榴花寿酒，金鸭炉香，岁岁长新。"

③银虬：漏壶底部的银质流水龙头。唐王维《送张舍人佐江州同薛据十韵》："清晨听银虬，薄暮辞金马。"

④上林：古宫苑名。秦旧苑，汉初荒废，至汉武帝时重新扩建。《三辅黄图·苑囿》："汉上林苑，即秦之旧苑也。"这里代指清宫苑。

⑤鸳甃（zhòu）：用对称的砖瓦砌成的井壁，此处借指井。

⑥鱼龙：鱼形、龙形的灯。香车：对女性所乘坐的装饰华美车子的美称。宋辛弃疾《青玉案·元夕》："宝马雕车香满路。凤箫声动，玉壶光转，一夜鱼龙舞。"

⑦吴绫：古代吴地所产的一种丝织品，有纹彩，又轻又薄。宋周紫芝《菩萨蛮》："粉汗湿吴绫，玉钗敲枕棱。"

⑧狂游：纵情游逛。

⑨烧灯：指元宵节。宋晏几道《生查子》："心情剪彩慵，时节烧灯近。"

⑩九逵：四通八达的大道。《三辅黄图·都城十二门》："长安城面三门，四面十二门，皆通达九逵，以相经纬。"后多指京城的大路。南朝梁吴均《古意七首》之三："西都盛冠盖，九逵尘雾塞。"

⑪江城：临江之城市、城郭，这里指湖南江华县城。

⑫灯炧（xiè）：谓灯烛将熄。清吴伟业《萧史青门曲》："花落回头往是非，更残灯炧泪沾衣。"

点绛唇^①

一种蛾眉^②，下弦不似初弦好^③。庾郎未老^④，何事伤心早？

素壁斜辉^⑤，竹影横窗扫^⑥。空房悄，乌啼欲晓，又下西楼了。

【笺注】

①汪元治编道光十二年结铁网斋刊刻的《纳兰词》有副题"对月"

②蛾眉：指蛾眉月。月初或月末的一种月相，因形似蛾眉，故称。

③下弦：农历每月的二十二或二十三日，此时的月相称为下弦。初弦：农历每月的初七或初八，此时月如弓弦，故称。

④庾郎：指北周诗人庾信。庾信奉命出使北朝的西魏被留，不得回归故土，暮年文风萧瑟哀戚，又有豪健雄浑之气。唐杜甫《戏为六绝句》："庾信文章老更成，凌云健笔意纵横。"这里借指多愁善感之诗人。

⑤素壁：白色的墙壁、山壁、石壁。

⑥竹影横窗扫：宋杨万里《雨晴得毗陵故旧书》："日与山光弄秋色，风将竹影扫窗尘。"

又　咏风兰[①]

别样幽芬，更无浓艳催开处。凌波欲
去[②]，且为东风住。

忒煞萧疏[③]，争奈秋如许。还留取，
冷香半缕，第一湘江雨[④]。

【笺注】

①风兰：一种兰花，夏开白色花，因喜欢在通风、湿度高
的地方生长而得名。古代士人喜欢把它吊置于屋檐下谈论风
流，亦称"轩兰"。这首作品在张纯修（字子敏，号见阳）刻
本中有副题：题见阳画兰。清曹寅《墨兰歌·序》："见阳每
画兰，必书容若词。"

②凌波：在水上行走。三国魏曹植《洛神赋》："凌波微
步，罗袜生尘。"

③忒煞：太，过分。

④第一湘江雨：张纯修其时在湖南江华县为官，故有湘江
雨之称。第一，乃赞誉之意。清曹寅《墨兰歌》："潇湘第一
岂凡情，别样萧疏墨有声。可怜侧帽楼中客，不再董炉烟
外听。"

又　寄南海梁药亭[1]

一帽征尘[2]，留君不住从君去[3]。片帆何处，南浦沉香雨[4]。

回首风流，紫竹村边住。孤鸿语，三生定许，可是梁鸿侣[5]。

【笺注】

①梁药亭：梁佩兰，清初著名诗人，字芝五，号药亭，别号柴翁。

②征尘：指旅途中所染的灰尘，含有劳碌辛苦之意。

③留君不住从君去：宋苏轼《江神子·冬景》："雪意留君君不住，从此去，少清欢。"又宋蔡伸《踏莎行》："百计留君，留君不住。留君不住君须去。望君频问梦中来，免教肠断巫山雨。"

④南浦：南面的水边，后常用称送别之地。《楚辞·九歌·河伯》："子交手兮东行，送美人兮南浦。"沉香：沉香浦，在今广东南海琵琶洲。《晋书·良吏传》载，广州刺史吴隐之发现妻子刘氏藏了一斤沉香，便把沉香投入水中，因此得名。

⑤梁鸿侣：东汉梁鸿与妻孟光相敬如宾，这里喻指夫妇志

同道合，生活美满。《后汉书·逸民传》："梁鸿，字伯鸾，扶风平陵人也。……势家慕其高节，多欲女之；鸿并绝不娶。同县孟氏有女，状肥丑而黑，力举石臼，择对不嫁，至年三十。父母问其故。女曰："欲得贤如梁伯鸾者。"鸿闻而聘之。女求作布衣、麻屦，织作筐、缉绩之具。及嫁，始以装饰入门。……妻曰："以观夫子之志耳。妾自有隐居之服。"乃更为椎髻布衣，操作而前。鸿大喜曰："此真梁鸿妻也。能奉我矣！"字之曰德曜，名孟光。……乃共入霸陵山中，以耕织为业，咏《诗》《书》，弹琴以自娱。后至吴，依大家皋伯通，居庑下，为人赁舂。每归，妻为具食；不敢于鸿前仰视，举案齐眉。"

又　黄花城早望①

五夜光寒②，照来积雪平于栈。西风何限，自起披衣看。

对此茫茫③，不觉成长叹。何时旦④，晓星欲散⑤，飞起平沙雁⑥。

【笺注】

①黄花城：古代关口，在今北京怀柔北长城内侧。

②五夜：指戊夜，即第五更。

③对此茫茫：《世说新语·言语》："卫洗马初欲渡江，形神惨悴，语左右云：'见此芒芒，不觉百端交集。苟未免有情，亦复谁能遣此！'"

④旦：天亮。南朝宋裴骃《史记集解》引应劭之语有宁戚《饭牛歌》："从昏饭牛薄夜半，长夜漫漫何时旦。"又宋贺铸《秋风叹·燕瑶池》："长宵半，参旗烂烂，何时旦。"

⑤晓星：拂晓的星星。唐李商隐《嫦娥》："云母屏风烛影深，长河渐落晓星沉。"

⑥平沙：指广阔的沙原。宋陈亮《渔家傲·重阳日作》："漠漠平沙初落雁，黄花浊酒情何限。"

又

小院新凉，晚来顿觉罗衫薄^①。不成孤酌，形影空酬酢^②。

萧寺怜君^③，别绪应萧索^④。西风恶^⑤，夕阳吹角^⑥，一阵槐花落。

【笺注】

①顿觉罗衫薄：宋仇远《忆秦娥》："秋乍觉，露凉顿觉罗衾薄。"

②酬酢：主客相互敬酒，主敬客称酬，客还敬称酢。形与影相互敬酒，谓独自一人。

③萧寺：唐李肇《唐国史补》卷中："梁武帝造寺，令萧子云飞白大书'萧'字，至今一'萧'字存焉。"后因称佛寺为萧寺。

④萧索：萧条冷落，凄凉。宋柳永《尾犯》："夜雨滴空阶，孤馆梦回，情绪萧索。"

⑤西风恶：宋黄机《忆秦娥》："秋萧索，梧桐落尽西风恶。西风恶，数声新雁，数声残角。"

⑥夕阳吹角：宋陆游《浣溪沙·和无咎韵》："夕阳吹角最关情。"

浣溪沙

消息谁传到拒霜①？两行斜雁碧天长，晚秋风景倍凄凉。

银蒜押帘人寂寂②，玉钗敲竹信茫茫③。黄花开也近重阳④。

【笺注】

①拒霜：花名，木芙蓉的别称。冬凋夏茂，仲秋开花，耐寒不落，故名。宋代宋祁《益都方物略记》："添色拒霜花，生彭、汉、蜀州，花常多叶，始开白色，明日稍红，又明日则若桃花然。"

②银蒜：银质蒜头形帘坠，用以压帘幕。寂寂：孤单，冷落。宋苏轼《哨遍·春词》："睡起画堂，银蒜押帘，珠幕云垂地。"

③玉钗敲竹：击节高吟，为唐宋歌吟的习俗。以玉制的钗敲击修竹，说明击节者乃一名女性。唐高适《听张立本女吟》："危冠广袖楚宫妆，独步闲庭逐夜凉。自把玉钗敲砌竹，清歌一曲月如霜。"明王彦泓《即事》："玉钗敲竹立旁皇，孤

负楼心几夜凉。"茫茫：遥远。

　　④近重阳：重阳，节令名，阴历九月初九日，故曰重阳。宋晏几道《蝶恋花》："金菊开时，已近重阳宴。"

又

雨歇梧桐泪乍收，遣怀翻自忆从头，摘花销恨旧风流①。

帘影碧桃人已去，屐痕苍藓径空留②。两眉何处月如钩③？

【笺注】

①摘花销恨：五代王仁裕《开元天宝遗事·销恨花》："明皇于禁苑中，初，有千叶桃盛开，帝与贵妃日逐宴于树下。帝曰'不独萱草忘忧，此花亦能销恨。'"宋赵长卿《虞美人·深春》："碧桃银恨犹堪爱，妃子今何在。"

②屐（xiè）痕苍藓：木屐在苍苔上留下痕迹。宋张先《御街行》："绿苔深径少人行，苔上屐痕无数。"

③两眉何处月如钩：南朝陈后主《三妇艳诗》："小妇初妆点。回眉对月钩。"五代南唐李煜《乌夜啼》："无言独上西楼，月如钩。"

又

欲问江梅瘦几分，只看愁损翠罗裙^①，麝篝衾冷惜余熏^②。

可耐暮寒长倚竹^③，便教春好不开门。枇杷花底校书人^④。

【笺注】

①翠罗裙：宋孔夷《南浦·旅怀》："故园梅花归梦，愁损绿罗裙。"

②麝篝：燃麝香的熏笼。余熏：犹馀香。

③可耐：可奈。宋晁端礼《菩萨蛮》："风雨夜来多，春寒可奈何。"宋高观国《金人捧露盘·梅花》："天寒翠袖，可怜是，倚竹依依。"

④校书：古代掌校理典籍的官员。汉有校书郎中，三国魏始置秘书校书郎，隋、唐等都设此官，属秘书省。唐胡曾《赠薛涛》："万里桥边女校书，枇杷花下闭门居。"薛涛，蜀中能诗文的名妓，时称女校书。后因以"女校书"为妓女的雅称。

又

泪浥红笺第几行^①，唤人娇鸟怕开窗^②，那能闲过好时光。

屏障厌看金碧画^③，罗衣不奈水沈香^④。遍翻眉谱只寻常。

【笺注】

①泪浥：沾湿。宋张先《更漏子》："彩笺疏，红粉泪，两心知。"宋欧阳修《洞仙歌令》："未写了，泪成行，早满香笺。"宋晏几道《蝶恋花》："欲写彩笺书别怨，泪痕早已先书满。"

②唤人娇鸟：宋王安石《午枕》："窥人鸟唤悠扬梦，隔水山供宛转愁。"

③屏障：屏风。唐杜甫《韦讽寻事宅观曹将军画马图歌》："贵戚牧门得笔迹，始觉屏障生光辉。"金碧：指国画颜料中的泥金、石青和石绿。

④沈香：亦作"沉香"，香木名，又名"伽南香"或"奇南香"。晋嵇含《南方草木状·蜜香沉香》："交趾有蜜香，树

干似柜柳，其花白而繁，其叶如橘。欲取香伐之，经年，其根干枝叶，各有别色也。木心与节坚黑，沉水者为沉香。"宋晏几道《诉衷肠》："长因蕙草记罗裙，绿腰沉水熏。"

又

残雪凝辉冷画屏①，落梅横笛已三更②，更无人处月胧明③。

我是人间惆怅客，知君何事泪纵横④。断肠声里忆平生⑤。

【笺注】

①冷画屏：唐杜牧《秋夕》："银烛秋光冷画屏，轻罗小扇扑流萤。"

②落梅：即《梅花落》，古笛曲名。唐李白《司马将军歌》："羌笛横吹《阿鞞回》，向月楼中吹《落梅》。"

③胧明：微明。

④泪纵横：辛弃疾《江神子·和人韵》："月胧明，泪纵横。"

⑤断肠声里：宋晏殊《点绛唇》："炉烟起，断肠声里，敛尽双蛾翠。"忆平生：宋辛弃疾《和人韵》："忆平生，若为情。试取灵槎，归路问君平。"

又

睡起惺憁强自支^①，绿倾蝉鬓下帘时^②，夜来愁损小腰肢^③。

远信不归空伫望，幽期细数却参差^④。更兼何事耐寻思。

【笺注】

①惺憁：憁，同"鬆"。惺憁，犹惺松，清醒。宋周邦彦《浣溪沙》："起来娇眼未惺憁。"强自支：勉强支撑。

②蝉鬓：古时妇女的一种发式，两鬓薄如蝉翼，故称。南朝梁元帝《登颜园故阁》："妆成理蝉鬓，笑罢敛峨眉。"

③夜来：一语双关，既表时间，又是古时美女之名，即魏文帝爱妾薛灵芸的别名。晋王嘉《拾遗记·魏》："文帝所爱美人，姓薛名灵芸，常山人也……灵芸未至京师十里，帝乘雕玉之辇，以望车徒之盛，嗟曰：'昔者言"朝为行云，暮为行雨"，今非云非雨，非朝非暮。'改灵芸之名曰夜来……夜来妙于针工，虽处于深帷之内，不用灯烛之光，裁制立成。非夜来缝制，帝则不服。宫中号为'针神'也。"小腰肢：唐韦庄

《天仙子》："露桃宫里小腰肢。眉眼细，鬓云垂。"

　　④幽期：指男女间的幽会。参差：蹉跎，错过。宋秦观《水龙吟》："恨佳期，参差难又。"

又

十里湖光载酒游，青帘低映白苹洲[①]，
西风听彻采菱讴[②]。

沙岸有时双袖拥，画船何处一竿收？
归来无语晚妆楼。

【笺注】

①白苹洲：长满白色苹花的沙洲。唐温庭筠《梦江南》：
"斜晖脉脉水悠悠，断肠白苹洲。"

②采菱：古代歌曲名。《楚辞·招魂》："《涉江》《采菱》，
发《扬荷》些。"王逸注："楚人歌曲也。"

又

脂粉塘空遍绿苔①，掠泥营垒燕相催②，妒他飞去却飞回。

一骑近从梅里过③，片帆遥自藕溪来。博山香炉未全灰④。

【笺注】

①脂粉塘：溪名，传说中为春秋时西施浴处。《太平御览》卷九八一引南朝梁任昉《述异记》：“吴故宫有香水溪，俗云西施浴处，又呼为脂粉塘。吴王宫人濯妆于此溪上源，至今馨香。”

②营垒：筑巢。

③梅里：江南地名，传说为吴国始祖太伯的居处。

④博山：博山炉的简称，因炉盖上的造型似传闻中的海中名山博山而得名。一说象华山，因秦昭王与天神博于是，故名。后作为名贵香炉的代称。《西京杂记》卷一：“长安巧工丁缓者……又作九层博山香炉，镂为奇禽怪兽，穷诸灵异，皆自然运动。”宋晏殊《望仙门》：“博山炉暖泛浓香。”

又

五月江南麦已稀，黄梅时节雨霏微^①，
闲看燕子教雏飞^②。

一水浓阴如罨画^③，数峰无恙又晴晖。
湔裙谁独上渔矶^④？

【笺注】

①霏微：蒙蒙细雨飘洒状。宋晏几道《好女儿》："梅子青时，尽无端，尽日东风恶，更霏微细雨，恼人离恨，满路春泥。"

②闲看燕子教雏飞：宋辛弃疾《添字浣溪沙》："日日闲看燕子飞，旧巢新垒画帘低。"

③罨画：色彩鲜明的绘画。明杨慎《丹铅总录·订讹·罨画》："画家有罨画，杂彩色画也。"多用以形容自然景物或建筑物等的艳丽多姿。

④湔（jiān）裙：洗裙。旧俗，上巳节妇女相约至水畔洗衣，以除晦气。男女常常于湔裙时相约。宋晏几道《木兰花》："湔裙曲水曾相遇，挽断罗巾容易去。"渔矶：可供垂钓的水边岩石。宋陆游《一落索》："雨蓑烟笠傍渔矶，应不是、封侯相。"

又　西郊冯氏园看海棠，
因忆香岩词有感[1]

谁道飘零不可怜，旧游时节好花天，断肠人去自今年[2]。

一片晕红才著雨[3]，几丝柔绿乍和烟[4]，倩魂销尽夕阳前[5]。

【笺注】

①西郊冯氏园：原为明朝万历年间大太监冯保在阜成门外的园子，清代以海棠花知名，是文人雅士玩赏之处。香岩：龚鼎孳，字孝升，号芝麓，与钱谦益、吴伟合称为"江左三大家"。词集初题为《香岩词》。龚鼎孳曾做过康熙十二年（1673）会试主考官，词人出其门下。

②断肠人去自今年：谓龚鼎孳之死。龚氏死于康熙十二年（1673）九月。

③晕红：中心浓而四周渐淡的一团红色，写海棠花色。著雨：古语有"海棠著雨透胭脂"之说。明钱榖《柳梢青·春望》："黄鸣啼晴，海棠著雨，无限留连。"

④和：合。宋杜安世《行香子》："寒食下，半和雨，半

和烟。”宋贺铸《夜游宫》："江南岸、草和烟绿。"

⑤倩魂销尽夕阳前：宋姜夔《浣溪沙》："销魂都在夕阳中。"

又　咏五更和湘真韵^①

微晕娇花湿欲流，簟纹灯影一生愁^②，
梦回疑在远山楼^③。

残月暗窥金屈戍^④，软风徐荡玉簾钩。
待听邻女唤梳头。

【笺注】

①湘真：明清之际的陈子龙，字卧子、人中，号大樽、海士，南直隶松江华亭（今上海松江）人，有词集名"湘真"。陈子龙的词开启清词振兴的局面，二十世纪词学大家龙榆生评曰："卧子英年殉国，大节凛然，而所作词，婉丽绵密，韵格在淮海（秦观）、漱玉（李清照）间，尤为当行本色。"

②簟纹：席纹。宋辛弃疾《御街行·无题》："纱橱如雾，簟纹如水，别有生凉处。"灯影：灯光下的人影。宋周邦彦《虞美人·正宫》之二："又是一窗灯影、两人愁。"

③远山楼：明汤显祖《紫钗记》第四十出"开笺泣玉"："无事爱娇嗔，没伊边少个人。当初拟画屏深宠，又谁知生暗尘？他独自个易黄昏，将咱身心想伊情分。则他远山楼上费精神，旧模样直恁翠眉颦。"远山楼为女子思念在外为官的丈夫

的所在，这里代指女子的居处。明王彦泓《梦游十二首》之十二："绣被鄂君仍眺赏，蓬窗新署远山楼。"

④屈戌：即屈戌。门窗、屏风、橱柜等的环纽、搭扣。明陶宗仪《辍耕录·屈戌》："今人家窗户设铰具，或铁或铜，名曰环纽，即古金铺之遗意，北方谓之屈戌，其称甚古。"

又

伏雨朝寒愁不胜①，那能还傍杏花行，

去年高摘斗轻盈。

漫惹炉烟双袖紫，空将酒晕一衫青②。

人间何处问多情。

【笺注】

①伏雨：指连绵不断的雨。唐杜甫《秋雨叹》诗之二："阑风伏雨秋纷纷，四海八荒同一云。"仇兆鳌注引赵子栎曰："阑珊之风，沉伏之雨，言其风雨之不已也。"

②酒晕：饮酒后脸上泛起的红晕。宋赵长卿《西江月·夏日有感》："有恨眉尖皱碧，多情酒晕生红。"

浣溪沙

酒醒香销愁不胜，如何更向落花行？
去年高摘斗轻盈[1]。

夜雨几番销瘦了，繁华如梦总无凭[2]。
人间何处问多情。

【笺注】

①高摘：摘高处的花朵。轻盈：多形容女子体态之纤柔、轻快。唐李白《相逢行》："下车何轻盈，飘然似落梅。"

②繁华如梦：宋林景熙《西湖》："繁华已如梦，登览忽成尘。"总无凭：总是没根据。宋欧阳修《燕归梁》："而今前事总无凭，空赢得、瘦棱棱。"

*此词补遗自《纳兰词补遗》，王云五主编，万有文库第二集。此首作品与《浣溪沙·伏雨朝寒愁不胜》字句词文构思大略相同，故暂附录于此。

又

　　五字诗中目乍成①，尽教残福折书
生②，手挼裙带那时情③。

　　别后心期和梦杳，年来憔悴与愁并。
夕阳依旧小窗明④。

【笺注】

　　①五字诗：即五言诗。目乍成：屈原《九歌·少司命》：
"满堂兮美人，忽与余兮目成。"目成，男女之间睐而相视，
终相亲定情。明王彦泓《有赠》："矜严时已逗风情，五字诗
中目乍成。"

　　②尽教残福折书生：明王彦泓《梦游十二首》之四："相
对只消香共茗，半宵残福折书生。"

　　③挼（ruó）：揉搓。五代薛绍蕴《小重山》："手挼裙带
绕阶行。思君切，罗幌暗尘生。"

　　④夕阳依旧小窗明：南朝陈后主《小窗诗》："夕阳如有
意，偏傍小窗明。"五代前蜀顾敻《临江仙》："蝉吟人静，残
日傍，小窗明。"

又

欲寄愁心朔雁边[1]，西风浊酒惨离颜[2]，黄花时节碧云天[3]。

古戍烽烟迷斥堠[4]，夕阳村落解鞍鞯[5]。不知征战几人还[6]？

【笺注】

①欲寄愁心：唐李白《王昌龄左前龙标遥寄》："我寄愁心语明月，随风直到夜郎西。"雁边：泛指北方边境。元萨都剌《梦登高山得诗》："万壑泉声松外去，数行秋色雁边来。"

②浊酒：用糯米、黄米等酿制的酒，较混浊。离颜：离别时的惆怅表情。唐温庭筠《宋人东游》："何当重相见，樽酒慰离颜。"

③碧云天：元王实甫《西厢记》第十五出"长亭送别"："碧云天，黄叶地，西风紧，北雁南飞。"

④古戍：边疆古老的城堡、营垒。斥堠（ruó）：侦察；候望。《史记·李将军列传》："然亦远斥候，未尝遇害。"司马贞索隐："许慎注《淮南子》云：'斥，度也。候，视也，望也。'"

⑤鞯（jiān）：鞍子和托鞍的垫子。《木兰诗》：“东市买骏马，西市买鞍鞯。”

⑥征战几人回：唐王翰《凉州词》：“醉卧沙场君莫笑，古来征战几人回。”

又

记绾长条欲别难^①，盈盈自此隔银湾^②，便无风雪也摧残。

青雀几时裁锦字^③，玉虫连夜剪春幡^④，不禁辛苦况相关。

【笺注】

①绾（wǎn）：系结。《汉书·周勃传》："绛侯绾皇帝玺，将兵于北军，不以此时反，今居一小县，顾欲反邪！"颜师古注："绾谓引结其组。"长条：长的枝条。特指柳枝。唐李商隐《离亭赋得折杨柳》："人世死前惟有别，春风争拟惜长条。"明王廷相《杨花篇》："长条不绾思归客，散作飞花愁杀人。"

②盈盈：《古诗十九首》之十："迢迢牵牛星，皎皎河汉女。盈盈一水间，脉脉不得语。"银湾：指银河。唐李贺《溪晚凉》："玉烟青湿白如幢，银湾晓转流天东。"王琦汇解："银湾，银河也。"

③青雀：指青鸟，神话传说中西王母所使之神鸟。锦字：指锦字书，指前秦苏蕙寄给丈夫的织锦回文诗。《晋书·列女

传·窦滔妻苏氏》：“窦滔妻苏氏，始平人也，名蕙，字若兰。善属文（撰写文章）。滔，苻坚时为秦州刺史，被徙流沙，苏氏思之，织锦为回文旋图诗对赠滔。宛转循环以读之，词甚凄惋。”清孔尚任《桃花扇·寄扇》：“手帕儿包，头绳儿绕，抵过锦字书多少。”后多指妻子给丈夫的书信，表达思念之情。

④玉虫：喻灯花。春幡：春旗。旧俗于立春日或挂春幡于树梢，或剪缯绢成小幡，连缀簪之于首，以示迎春之意。南朝陈徐陵《杂曲》：“立春历日自当新，正月春幡底须故。”

又

谁念西风独自凉①，萧萧黄叶闭疏窗，沉思往事立残阳②。

被酒莫惊春睡重③，赌书消得泼茶香④。当时只道是寻常。

【笺注】

①西风独自凉：宋张先《菩萨蛮》："何处断离肠，西风昨夜凉。"

②深思往事立残阳：五代李珣《浣溪沙》："安思何事立残阳。"

③被酒：为酒所醉，犹中酒。《史记·高祖本纪》："高祖被酒，夜径泽中，令一人行前。"张守节正义："被，加也。"

④赌书：比赛读书的记忆力。典出宋李清照、赵明诚翻书赌茶之事。约定某种比赛条件，以胜负决定饮茶的先后。宋李清照《〈金石录〉后序》："余性偶强记，每饭罢，坐归来堂，烹茶，指堆积书史，言某事在某书、某卷、第几叶、第几行，以中否角胜负，为饮茶先后。"

又

十八年来堕世间①，吹花嚼蕊弄冰弦②，多情情寄阿谁边③。

紫玉钗斜灯影背④，红绵粉冷枕函偏⑤。相看好处却无言。

【笺注】

①十八年来堕世间：李商隐《曼倩辞》："十八年来堕世间，瑶池归梦碧桃闲。如何汉殿穿针夜，又向窗中觑阿环。"东方朔，字曼倩。《仙吏传·东方朔传》："朔未死时，谓同舍郎曰：'天下人无能知朔，知朔者唯太王公耳。'朔卒后，武帝得此语，即召太王公问之曰：'尔知东方朔乎？'公曰：'不知。''公何所能？'曰：'颇善星历。'帝问'诸星皆具在否'，曰：'诸星具在，独不见岁星十八年，今复见耳。'"

②吹花嚼蕊：指吹奏、歌唱。唐李商隐《柳枝诗序》："柳枝，洛中里娘也……生十七年，涂妆绾髻未尝竟。已复起去，吹花嚼蕊，调丝擪管，作天海风涛之曲，幽忆怨断之音。……余从昆让山，比柳枝居为近。他日春曾阴，让山下马柳枝南柳下，咏余《燕台诗》。柳枝惊问：'谁人有此？谁人

为是?'让山谓曰:'此吾里中少年叔耳。'柳枝手断长带,结让山为赠叔乞诗。明日,余比马出其巷,柳枝丫鬟毕妆,抱立扇下,风障一袖,指曰:'若叔是?后三日,邻当去湔裙水上,以博山香待,与郎俱过。'余诺之。会所友有偕当诣京师者,戏盗余卧装以先,不果留。"冰弦:琴弦的美称。传说中有用冰蚕丝作的琴弦,故称。

③阿谁:疑问代词。犹言谁,何人。

④紫玉钗:蒋防《霍小玉传》:"曾令侍婢浣沙将紫玉钗一只,诣景先家货之。路逢内作老玉工,见尝纱所执,前来认之,曰:此钗吾所作也。皆霍王小女将欲上鬟,令我作此,酬我万钱,我尝不忘。汝是何人?从何得来?"

⑤红绵:粉扑。宋陆游《浣溪沙·南郑席上》:"浴罢华清第二汤,红绵扑粉玉肌凉。"宋史达祖《恋绣衾》:"瘦骨怕、红绵冷,说年时、斗帐夜分。"枕函:中间可以藏物的枕头。明汤显祖《牡丹亭·闹殇》:"枕函敲破漏声残,似醉如呆死不难。"

又

莲漏三声烛半条①，杏花微雨湿红绡②，那将红豆记无聊③？

春色已看浓似酒④，归期安得信如潮⑤。离魂入夜倩谁招⑥。

【笺注】

①莲漏：即莲花漏。古代的一种计时器。唐李肇《唐国史补》卷中："初，惠远以山中不知更漏，乃取铜叶制器，状如莲花，置盆水之上，底孔漏水，半之则沉。每昼夜十二沉，为行道之节，虽冬夏短长，云阴月黑，亦无差也。"宋和岘《六州》："严夜警，铜莲漏迟迟。"

②杏花微雨：宋楼采《玉漏迟》："深院宇，黄昏杏花微雨。"红绡：红色薄绸。五代南唐冯延巳《应天长》词之三："枕上长夜只如岁，红绡三尺泪。"

③红豆：红豆树、海红豆及相思子等植物种子的统称。其色鲜红，文学作品中常用以象征爱情或相思。唐王维《相思》："红豆生南国，春来发几枝。愿君多采撷，此物最相思。"

④春色已看浓似酒：宋秦观《如梦令》："门外鸦啼杨柳，春色著人如酒。"宋黄庭坚《和曹子方杂言》："人言春色浓如酒，不见插秧吴女手。"

⑤归期安得信如潮：王彦泓《错认》："秋期只愿信如潮。"潮信，潮水。以其涨落有定时，故称。

⑥离魂：指远游他乡的旅人。宋吴文英《高阳台·落梅》："离魂难倩招清些，梦缟衣、解佩溪也。"

又

身向云山那畔行^①，北风吹断马嘶声，深秋远塞若为情^②。

一抹晚烟荒戍垒^③，半竿斜日旧关城^④。古今幽恨几时平。

【笺注】

①那畔：犹那边。

②若为情：何以为情。五代孙光宪《浣溪沙》："查无消息若为情。"

③半竿斜日：宋张孝祥《眼儿媚》："半竿斜日，两行珠泪，一叶扁舟。"

④戍垒：戍堡。边防驻军的营垒、城堡。

又　大觉寺[1]

燕垒空梁画壁寒[2]，诸天花雨散幽关[3]，篆香清梵有无间[4]。

蛱蝶乍从帘影度[5]，樱桃半是鸟衔残[6]。此时相对一忘言。

【笺注】

①大觉寺：又称西山大觉寺，大觉禅寺，在今北京海淀阳台山麓。始建于辽代咸雍四年（1068），称清水院。金代时大觉寺为金章宗西山八大水院之一，后改名灵泉寺，明重建后改为大觉寺。

②燕垒：燕子的窝。喻栖身之所。隋薛道衡《昔昔盐》："空梁落燕泥。"清高士奇《玉蝴蝶》："吴宫宋苑，燕垒空梁。"画壁：绘有图画的墙壁。

③诸天：佛教语，指护法众天神。佛经言欲界有六天，色界之四禅有十八天，无色界之四处有四天，其他尚有日天、月天、韦驮天等诸天神，总称之曰诸天。花雨：佛教语。诸天为赞叹佛说法之功德而散花如雨。《仁王经·序品》："时无色界雨诸香华，香如须弥，华如车轮。"后用为赞颂高僧颂扬佛法

之词。幽关：深邃的关隘，紧闭的关门。

④篆香：犹盘香。清梵：谓僧尼诵经的声音。南朝梁王僧孺《初夜文》："大招离垢之宾，广集应真之侣，清梵含吐，一唱三叹。"

⑤蛱蝶：蝴蝶。帘影：阳光照射门帘、窗帘投下的影子。宋周密《西江月·延祥观拒霜拟稼轩》："迷香双碟下庭心，一行惜惜帘影。"

又　古北口①

　　杨柳千条送马蹄②，北来征雁旧南飞，客中谁与换春衣③。

　　终古闲情归落照④，一春幽梦逐游丝⑤。信回刚道别多时。

【笺注】

①古北口：长城隘口之一。在北京密云东北，为古代军事要地。据徐乾学所作纳兰墓志铭，词人曾侍从康熙巡幸口外。

②杨柳千条送马蹄：南朝陈江总《折杨柳》："万里音尘绝，千条杨柳结。"唐孟郊《古离别》："杨柳织别愁，千条万条丝。"

③换春衣：冬天过去，换上春天穿的衣服。宋陆游《闻雁》："过尽梅花把酒稀，熏笼香冷换春衣。"

④终古：往昔，自古以来。《楚辞·九章·哀郢》："去终古之所居兮，今逍遥而来东。"南朝梁刘勰《文心雕龙·时序》："终古虽远，旷焉如面。"落照：夕阳的馀晖。

⑤一春幽梦：春天里隐约恍惚的梦境。宋赵彦端《秦楼月

·咏睡香》：“一春幽梦，与君相续。”游丝：指虫类吐的飘荡在空中的丝。明汤显祖《牡丹亭·惊梦》：“袅晴丝，吹来闲亭院，摇漾春如线。”

又

凤髻抛残秋草生①，高梧湿月冷无声②，当时七夕记深盟③。

信得羽衣传钿合④，悔教罗袜葬倾城⑤。人间空唱雨淋铃⑥。

【笺注】

①凤髻：古时妇女的一种发型。唐宇文氏《妆台记》："周文王于髻上加珠翠翘花，傅之铅粉，其髻高名曰凤髻。"唐杜牧《为人题赠二首》之一："和簪抛凤髻，将泪入鸳衾。"秋草：唐白居易《长恨歌》："西宫南内多秋草，落叶满阶红不扫。"

②高梧湿月：唐温庭筠《织锦词》："丁东细漏侵琼瑟，影转高梧月初出。"冷无声：宋姜夔《扬州慢》："二十四桥仍在，波心荡、冷月无声。"

③当时七夕记深盟：唐陈鸿《长恨歌传》："玉妃茫然退立，若有所思，徐而言曰：昔天宝十载，侍辇避暑于骊山宫。秋七月，牵牛织女相见之夕，秦人风俗，是夜张锦绣、陈饮食、树瓜华，焚香于庭，号为乞巧。宫掖间尤尚之。时夜殆

半，休侍卫于东西厢，独侍上。上凭肩而立，因仰天感牛女事，密相誓心，愿世世为夫妇。"此即为唐白居易《长恨歌》："七月七日长生殿，夜半无人私语时。在天愿为比翼鸟，在地愿做连理枝。"

④羽衣：道士的代称。《长恨歌传》载，适有道士自蜀来，知上心念杨妃如是，自言有李少君之术。玄宗大喜，命致其神。方士乃竭其术以索之，不至。又能游神驭气，出天界，没地府以求之，不见。又旁求四虚上下，东极天海，跨蓬壶。见最高仙山，上多楼阙，西厢下有洞户，东向，阖其门，署曰"玉妃太真院"。方士抽簪扣扉，有双鬟童女，出应其门。方士造次未及言，而双鬟复入。俄有碧衣侍女又至。诘其所从。方士因称唐天子使者，且致其命。碧衣云："玉妃方寝，请少待之。"于时云海沉沉，洞天日晓，琼户重阖，悄然无声。方士屏息敛足，拱手门下。久之，而碧衣延入，且曰："玉妃出。"见一人冠金莲，披紫绡，佩红玉，曳凤舄，左右侍者七八人，揖方士，问皇帝安否，次问天宝十四载以还事。言讫，悯然。指碧衣女取金钗钿合，各析其半，授使者曰："为我谢太上皇，谨献是物，寻旧好也。"

⑤罗袜：丝罗制成的袜。《乐史·杨太真外传》卷下："妃子死日，马嵬媪得锦拗袜一只，相传过客一玩百钱，前后获钱无数。"倾城：旧以形容女子极其美丽。《诗·大雅·瞻印》："哲夫成城，哲妇倾城。"郑玄笺："城，犹国也。"

⑥雨淋铃：雨霖铃。唐教坊曲名。唐郑处诲《明皇杂录补遗》："明皇既幸蜀，西南行初入斜谷，属霖雨涉旬，于栈道雨中闻铃，音与山相应。上既悼念贵妃，采其声为《雨霖铃》曲，以寄恨焉。"

又

败叶填溪水已冰，夕阳犹照短长亭①，何年废寺失题名。

倚马客临碑上字②，斗鸡人拨佛前灯③。净消尘土礼金经④。

【笺注】

①短长亭：短亭和长亭的并称。旧时城外大道旁，五里设短亭，十里设长亭，为行人休憩或送行饯别之所。北周庾信《哀江南赋》："十里五里，长亭短亭。"

②倚马：靠在马身上。南朝宋刘义庆《世说新语·文学》："桓宣武北征，袁虎时从，被责免官。会须露布文，唤袁倚马前令作。手不辍笔，俄得七纸，绝可观。"形容才思敏捷。

③斗鸡人：据唐代《东城父老传》，唐玄宗喜好斗鸡，元宵节和清明节时，贾昌至骊山为唐玄宗表演斗鸡。深得玄宗宠爱。贾昌所受的待遇让文人看不惯，便写了不少讽刺诗。安史之乱爆发，唐玄宗逃亡蜀地，贾昌失去靠山，隐姓埋名寄居在一寺院，家中的巨额财富被乱兵所劫。等时局稳定后，贾昌便

出家为僧。

④礼金经：指礼敬佛学经籍。此句在道光十二年刻行的汪元治编《纳兰词》作"劳劳尘世几时醒。"

又　庚申除夜^①

收取闲心冷处浓^②，舞裙犹忆柘枝红^③，谁家刻烛待春风^④？

竹叶樽空翻彩燕^⑤，九枝灯炧颤金虫^⑥。风流端合倚天公^⑦。

【笺注】

①庚申除夜：康熙十九年（1680）除夕之夜。

②冷处浓：明王彦泓《寒词》："个人真与梅花似，一日幽香冷处浓。"

③柘（zhè）枝：柘枝舞，唐代西北民族舞蹈，自西域石国传来。最初为女子独舞，舞姿矫健，节奏多变，大多以鼓伴奏。后来有双人舞，名《双柘枝》。又有二女童藏于莲花形道具中，花瓣开放，出而对舞，女童帽施金铃，舞时转动作声。宋时发展为多人队舞。

④刻烛：古人刻度数于烛，烧以计时。《南史·王僧孺传》："竟陵王子良尝夜集学士，刻烛为诗，四韵者则刻一寸，以此为率。文琰曰：'顿烧一寸烛，而成四韵诗，何难之有。'"

⑤竹叶：竹叶青酒。晋张华《轻薄篇》："苍梧竹叶清，

宜城九酝醅。”彩燕：旧俗，立春日剪彩绸为燕饰于头部。南朝梁宗懔《荆楚岁时记》：“立春日悉翦彩为燕以戴之，帖‘宜春’二字。”

⑥九枝：谓一干九枝的烛灯。泛指一干多枝的灯。南朝梁沈约《伤美人赋》：“拂螭云之高帐，陈九枝之华烛。”金虫：妇女首饰。五代蜀顾敻《酒泉子》：“金虫玉燕，锁香奁，恨厌厌。”

⑦端合：应当，应该。

又

万里阴山万里沙，谁将绿鬓斗霜华①，
年来强半在天涯②。

魂梦不离金屈戌，画图亲展玉鸦叉③。
生怜瘦减一分花④。

【笺注】

①绿鬓：乌黑发亮的鬓发。宋晏殊《少年游》："绿鬓朱颜，道家装束，长似少年时。"霜华：霜花。喻指白色须发。宋秦观《蝶恋花》："何事霜华催鬓老，把杯独对嫦娥笑。"

②强半：大半，过半。宋苏轼《满庭芳》："百年强半，来日苦无多。"

③金屈戌：门窗上铜制的环钮。玉鸦叉：玉制的叉子。唐李商隐《病中闻河东公乐营置酒口占寄上》："锁门金了鸟，展幛玉鸦叉。"清翟灏《通俗编》"了鸟"：此了鸟即屈戌，悬著门户间，以备扣锁。

④生怜：犹可怜。一分：一点儿，少量。明汤显祖《牡丹亭》第十回出"写真"："这是春梦暗随三月景，晓寒瘦减一分花。"

又

肠断班骓去未还①，绣屏深锁凤箫寒②，一春幽梦有无间。

逗雨疏花浓淡改③，关心芳草浅深难④。不成风月转摧残⑤。

【笺注】

①班骓（zhuī）：班，通"斑"，杂色，亦指杂色斑点或斑纹。班骓，指毛色青白相杂的骏马，古人常以之代指心上人所骑的马。宋范成大《斑骓》："斑骓别后月纤纤，门外疏桐影画帘。留下可怜将不去，西风吹上两眉尖。"

②绣屏深锁：明末清初沈谦《前调·友人纳姬戏赠》："玉帘不卷，翠屏深锁，花气著人如醉。"凤箫：即排箫。比竹为之，参差如凤翼，故名。唐沈佺期《凤箫曲》："昔时嬴女厌世纷，学吹凤箫乘彩云。"这里指箫声。宋辛弃疾《江神子·和人韵》："绣阁香浓，深锁凤箫声。"

③逗雨疏花：宋张先《山亭宴慢·有美堂赠彦猷主人》："天意送芳菲，正黯淡、疏烟逗雨。"浓淡改：花色由浓而淡，时光流逝。明王彦泓《宾于席上徐霞话旧》："时世妆梳浓淡

改，儿郎情境浅深知。"

　　④芳草：《楚辞·招隐士》："王孙游兮不归，芳草生兮萋萋。"晋陆机《拟庭中有奇树诗》："芳草久已茂，佳人竟不归。"宋张先《熙州慢·赠述古》："离情尽寄芳草。"

　　⑤不成：助词。用于句首，表示反诘。

又

容易浓香近画屏，繁枝影著半窗横[①]，风波狭路倍怜卿[②]。

未接语言犹怅望[③]，才通商略已瞢腾[④]。只嫌今夜月偏明。

【笺注】

①繁枝影著半窗横：宋范成大《卜算子》："冷蕊疏枝半不禁，更著横窗影。"

②风波：比喻动荡不定或艰辛劳苦。《庄子·天地》："天下之非誉，无益损焉，是谓全德之人哉！我之谓风波之民。"成玄英疏："夫水性虽澄，逢风波起，我心不定，类彼波澜，故谓之风波之民也。"明王彦泓《代所思别后》："风波狭路惊团扇，风月空庭泣浣衣。"

③未接语言：明王彦泓《和端己韵》："未接语言当面笑，暂同行坐夙生缘。"

④才高商略：明王彦泓《赋得别梦依依到谢家》："今日眼波微动处，半通商略半矜持。"瞢（méng）腾：形容模模糊糊，神志不清。

又

抛却无端恨转长[①]，慈云稽首返生香[②]，妙莲花说试推详[③]。

但是有情皆满愿[④]，更从何处着思量。篆烟残烛并回肠。

【笺注】

①无端：引申指无因由，无缘无故。《楚辞·九辩》："塞充倔而无端兮，泊莽莽而无垠。"王逸注："媒理断绝，无因缘也。"

②慈云：佛教语。比喻慈悲心怀如云之广被世界、众生。稽首：古时一种跪拜礼，叩头至地，是九拜中最恭敬者。返生香：传说中能令死人复活的一种香。《太平御览》卷九五二引《十洲记》："聚窟洲中，申未地上，有大树，与枫木相似，而华叶香闻数百里，名为返魂树。于玉釜中煮取汁，如黑粘，名之为返生香。香气闻数百里，死尸在地，闻气乃活。"

③妙莲花：这里指《妙法莲华经》。推详：推究审察。

④但是有情皆满愿：明王彦泓《和于氏诸子秋词》："但是有情皆满愿，妙莲花说不荒唐。"

又　小乌喇①

桦屋鱼衣柳作城②，蛟龙鳞动浪花腥，

飞扬应逐海东青③。

犹记当年军垒迹④，不知何处梵钟声。

莫将兴废话分明。

【笺注】

①乌喇：在今吉林省吉林市。有大、小乌喇之分，大乌喇为今吉林市之乌拉街；小乌喇未详其址，大约在附近。此地原为词人先祖叶赫部的领地。

②桦屋：以桦木筑屋。鱼衣：以鱼皮制衣。清高士奇《扈从日录》："驻跸大乌喇虞村……山多黑松林，结松子甚巨。土产人参，水出北珠，江有鲟鱼，禽有鹰鹘、海东青之属。乌稽人间有以大鱼皮为衣者。"柳作城：柳条边。清初顺治年间开始分段修筑，至康熙中陆续完成的一条柳条篱笆。也称盛京边墙、柳墙、柳城、条子边。南起今辽宁凤城南，东北经新宾东折西北至开原北，又折而西南至山海关北接长城，名为"老边"。自开原东北至今吉林市北，名为"新边"。初设边门二十一，后减为二十。每门常驻官兵各数十人，稽察出入。清魏

源《圣武记》卷六："盛京吉林，则以柳条结边为界，柳条边依内外兴安岭而建。"

③海东青：一种凶猛而珍贵的鸟，属雕类，产于黑龙江下游及附近海岛。宋庄季裕《鸡肋编》卷下："鸷禽来自海东，唯青鹣（jiāo）最嘉，故号海东青。"

④当年军垒迹：词人先世叶赫部位明海西女真四部之一。诸部之间多有攻伐杀戮，明万历四十七年（1619），叶赫部被建州女真首领努尔哈赤率军打败，并入建州女真。当年的军垒遗迹，当为小兀喇一带的战场故地。

又　姜女祠[①]

海色残阳影断霓[②]，寒涛日夜女郎祠，翠钿尘网上蛛丝。

澄海楼高空极目[③]，望夫石在且留题[④]。六王如梦祖龙非[⑤]。

【笺注】

①姜女祠：在山海关欢喜岭以东凤凰山上。此庙据"孟姜女哭长城"之传说而建，相传始建于宋，明代重修，至今犹存。

②断霓：断虹。宋苏过《飓风赋》："断霓饮海而北指，赤云夹日而南翔，此飓之渐也。"

③澄海楼：楼名。在河北省旧临榆县南宁海城上，明兵部主事王致中建。

④望夫石：古迹名。各地多有，均属民间传说，谓妇人伫立望夫日久化而为石。在姜女庙主殿后，为一巨石，上刻有"望夫石"三字。相传为孟姜女望夫之处。

⑤六王：指战国齐、楚、燕、韩、魏、赵六国之王。祖龙：指秦始皇。《史记·秦始皇本纪》："（三十六年）秋，使

者从关东夜过华阴平舒道，有人持璧遮使者曰：'为吾遗滈池（即镐池，古池名，在西周镐京，今陕西省西安丰镐村一带。池水经由滈水，北注入渭。唐以后湮废。滈池君，水神名）君。'因言曰：'今年祖龙死。'"裴骃集解引苏林曰："祖，始也；龙，人君象。谓始皇也。"

又

旋拂轻容写洛神[1]，须知浅笑是深颦[2]，十分天与可怜春。

掩抑薄寒施软障[3]，抱持纤影藉芳茵[4]。未能无意下香尘[5]。

【笺注】

①轻容：薄纱名。宋周密《齐东野语·轻容方空》："纱之至轻者，有所谓轻容，出唐《类苑》云：'轻容，无花薄纱也。'"这里指用于绘画的素绢。洛神：传说中的洛水女神，即宓妃。后诗文中常用以指代美女。

②浅笑是深颦：古诗词中"浅笑"和"微（轻）颦"常联用，词人此句反其意而用之。宋辛弃疾《浣溪沙·赠子文侍人名笑笑》："歌欲颦时还浅笑，醉逢笑处还轻颦。宜颦宜笑越精神。"明祝允明《忆青娥》："云窗梦破十年春，浅笑深颦隔一春。"

③掩抑：遮盖，遮挡。软障：即幛子。古代用作画轴。

④芳茵：茂美的草地。

⑤香尘：芳香之尘，多指女子之步履而起者。晋王嘉《拾

遗记·晋时事》："（石崇）又屑沉水之香如尘末，布象床上，使所爱者践之。"宋晏几道《两同心》："拾翠处、闲随流水，踏青路、暗惹香尘。"

又

十二红帘窣地深①，才移刬袜又沉吟②，晚晴天气惜轻阴。

珠衱佩囊三合字③，宝钗拢髻两分心④。定缘何事湿兰襟。

【笺注】

①十二红帘：一说为十二个红帘。宋吴文英《喜迁莺·吴江与闲堂王瞿庵家》："万顷素云遮断，十二红帘钩处。"一说十二红小太平鸟的别称。候鸟的一种，体形近似太平鸟而稍小，尾羽末端红色，故名。十二红帘，即绘有太平鸟的帘子。明杨基《十二红图》："何处飞来十二红，万年枝上立东风。楚王官殿皆零落，说尽春愁暮雨中。"窣（sū）：下垂。

②刬（chǎn）袜：只穿着袜子着地。南唐李煜《菩萨蛮·花明月暗笼轻雾》："刬袜步香阶，手提金缕鞋。"

③珠衱（jié）：缀珠的裙带。三合字：古时男女情侣所佩香囊成双，香囊上各绣三个半边字，合在一起则组成三个完整的字。宋高观国《思佳客》："同心罗帕轻藏素，合字香囊半影金。"

④两分心：古时待字闺中的少女多梳双髻，自头发中间分开，左右各一。

又　红桥怀古和王阮亭韵^①

无恙年年汴水流^②，一声水调短亭秋^③，旧时明月照扬州。

曾是长堤牵锦缆^④，绿杨清瘦至今愁^⑤，玉钩斜路近迷楼^⑥。

【笺注】

①红桥：桥名，在江苏省扬州市。明崇祯时建，为扬州游览胜地之一。王阮亭：王士禛，清代文学家，字贻上，号阮亭。王士禛与顺治十七年（1660）至康熙二年（1663）任扬州推官。期间，王士禛曾撰写《红桥游记》，文中记载：“游人登平山堂，率至法海寺，舍舟而陆径，必出红桥下。桥四面触皆人家荷塘。六七月间，菡萏作花，香闻数里，青帘白舫，络绎如织，良谓胜游矣。予数往来北郭，必过红桥，顾而乐之。登桥四望，忽复徘徊感叹。当哀乐之交乘于中，往往不能自喻其故。王谢冶城之语，景晏牛山之悲，今之视昔，亦有怨耶！壬寅季夏（康熙元年，1662）之望，与箨庵、茶村、伯玑诸子偶然漾舟，酒阑兴极，援笔成小词二章，诸子倚而和之。”康熙二十三年（1684），词人随驾南巡之扬州，撰成此词。

②汴水：即通济渠，古运河名。隋大业元年开，分东西两段：西段起自东都洛阳西苑引谷、洛水，贯洛阳城东出循阳渠故道至偃师入洛，由洛水入黄河；东段起自板渚引黄河水东行汴水故道，至今开封市别汴水而东南流。唐白居易《长相思》："汴水流，泗水刘，流到瓜州古渡头。吴山点点愁。"

③水调：曲调名。明胡震亨《唐音癸签·乐通二》："《海录碎事》云：'隋炀帝开汴河，自造《水调》。'按，《水调》及《新水调》，并商调曲也。唐曲凡十一叠，前五叠为歌，后六叠为入破。"唐杜牧《扬州》："谁家歌水调，明月满扬州。"

④长堤：隋堤。隋炀帝时沿通济渠、邗沟河岸修筑的御道，道旁植杨柳，后人谓之隋堤。锦缆：锦制的缆绳，精美的缆绳。唐杜牧《汴河怀古》："锦缆龙舟隋炀帝。"

⑤绿杨：清曹贞吉《浣溪沙·步阮亭红桥韵》之一："绿杨深处见红桥。"之二："玉树歌来犹有恨，锦帆牵去已无愁。"

⑥玉钩斜：古代著名游宴地，相传为隋炀帝葬宫人处。后泛指葬宫人处。迷楼：隋炀帝所建楼名，故址在今江苏省扬州市西北。唐冯贽《南部烟花记·迷楼》："迷楼凡役夫数万，经岁而成。楼阁高下，轩窗掩映，幽房曲室，玉栏朱楯，互相连属。帝大喜，顾左右曰：'使真仙游其中，亦当自迷也。'故云。"

又　寄严荪友①

藕荡桥边理钓筒②，苎萝西去五湖东③，笔床茶灶太从容④。

况有短墙银杏雨，更兼高阁玉兰风⑤。画眉闲了画芙蓉⑥。

【笺注】

①严荪友：即严绳孙。

②藕荡桥：此桥位于严绳孙无锡西洋溪宅第附近，故严绳孙以此自号藕荡渔人。钓筒：置在水里捕鱼的竹器，口小而腹大，鱼进去即不得出。宋陆游《长相思》："身在千重云水中，明月收钓筒。"

③苎萝：山名，在浙江诸暨，春秋时美女西施即出自苎萝山。五湖：太湖及附近四湖。汉赵晔《吴越春秋·夫差内传》："入五湖之中。"徐天佑注引韦昭曰："胥湖、蠡湖、洮湖、滆湖，就太湖而五。"北魏郦道元《水经注·沔水二》："南江东注于具区，谓之五湖口。五湖谓长荡湖、太湖、射湖、贵湖、滆湖也。"春秋时范蠡辅佐越王灭吴国，功成身退，携西施泛舟于五湖。

④笔床：卧置毛笔的器具。茶灶：烹茶的小炉灶。《新唐书·隐逸传·陆龟蒙》："不乘马，升舟设篷席，赍束书、茶灶、笔床、钓具往来，时谓江湖散人。"宋陆游《洞庭春色》："且钓竿渔艇，笔床茶灶，闲听荷雨，一洗衣尘。"

⑤银杏雨、玉兰风：清严绳孙《望江南》："春欲尽，昨夜画楼东。暗绿扑帘银杏雨，昏黄扶袖玉兰风，人在小窗中。"

⑥画眉：以黛描饰眉毛。《汉书·张敞传》："敞无威仪……又为妇画眉，长安中传张京兆眉怃。有司以奏敞。上问之，对曰：'臣闻闺房之内，夫妇之私，有过于画眉者。'"芙蓉：这里用来形容美人面容的姣好。唐白居易《长恨歌》："芙蓉如面柳如眉，对此如何不泪垂。"明姚绶《折枝芙蓉》："芙蓉花似人面，柳眉不在秋时见。墨池为尔闲写生，鸳鸯所合长生殿。"

* 此词补遗自《今词初集》，顾贞观、纳兰性德编，康熙十七年刻本。

又

锦样年华水样流，鲛珠迸落更难收[①]，
病余常是怯梳头[②]。

一径绿云修竹怨，半窗红日落花愁。
惜惜只是下帘钩[③]。

【笺注】

①鲛珠：神话传说中鲛人泪珠所化的珍珠。比喻泪珠。宋刘辰翁《宝鼎现》："又说向、灯前拥髻，暗滴鲛珠坠。"

②怯梳头：时光流逝，初愈体弱，梳头会见掉发，徒生悲慨，因而内心生怯。宋周邦彦《南乡子》："早起怯梳头，欲绾云鬟又却休。"

③惜惜：柔弱貌。

*此词补遗自《纳兰词》，许增编，清光绪六年娱园刻本。

又

肯把离情容易看，要从容易见艰难[1]，
难抛往事一般般[2]。
今夜灯前形共影[3]，枕函虚置翠衾单。
更无人与共春寒。

【笺注】

[1]离情容易看、见艰难：宋晏殊《玉楼春》："年少抛人容易去。楼头残梦五更钟，花底离情三月雨。"

[2]般般：犹种种，样样，件件。

[3]形共影：灯下只有形影为伴，谓孤单。宋陆游《书巢冬夜待旦》："风霜渐逼岁时晚，形影相依灯火明。"

*此词补遗自《纳兰词》，许增编，清光绪六年娱园刻本。

又

一半残阳下小楼，朱帘斜控软金钩[1]，倚阑无绪不能愁[2]。

有个盈盈骑马过[3]，薄妆浅黛亦风流[4]。见人羞涩却回头[5]。

【笺注】

①朱帘：红色帘子。元奥敦周卿《南吕·一枝花》："人寂静门初掩，控金钩垂绣帘。"

②无绪：没有情绪。

③盈盈：仪态美好貌。盈，通"嬴"。《文选·古诗〈青青河畔草〉》："盈盈楼上女，皎皎当窗牖。"李善注："《广雅》曰：'嬴，容也。''盈'与'嬴'同。"这里借指女子。

④薄妆：淡妆。浅黛：描画浅眉。宋贺铸《题醉袖》："浅黛宜鞏，明波欲溜。"

⑤见人羞涩却回头：宋李清照《点绛唇》："见有人来，袜刬金钗溜，和羞走。倚门回首，却把青梅嗅。"

*此词补遗自《昭代词选》卷九，蒋重光编，清乾隆三十二年经锄堂刻本。

又

已惯天涯莫浪愁[1]，寒云衰草渐成秋，漫因睡起又登楼。

伴我萧萧惟代马[2]，笑人寂寂有牵牛[3]，劳人只合一生休。

【笺注】

[1]浪愁：空愁，无谓的忧愁。

[2]萧萧：这里形容凄清寒冷。马叫之声亦可，一语双关。《诗经·小雅·车攻》："萧萧马鸣，悠悠旆旌。"代马：古时代郡之地所产的良马。唐李白《豫章行》："胡风吹代马，北拥鲁阳光。"

[3]寂寂：孤单、冷清。汉奏嘉言《赠妇诗》："寂寄独居，寥寥空室。"唐李商隐《马嵬》诗中有"当时七夕笑牵牛"一句，《饯韩同本西迎家室戏赠》有"天河迢递笑牵牛"一句，词人在这里反其意而用之，极写行役在外的"劳人"不能阖家团聚。

*此词补遗自《纳兰词》，许增编，清光绪六年娱园刻本。

浣溪沙　郊游联句[1]

　　出郭寻春春已阑（陈维崧），东风吹面不成寒（秦松龄）。青村几曲到西山（严绳孙）。

　　并马未须愁路远（姜宸英），看花且莫放杯闲（朱彝尊）。人生别易会常难（成德）。

【笺注】

　　[1]联句：作诗方式之一。由两人或多人各成一句或几句，合而成篇。旧传始于汉武帝和诸臣合作的《柏梁诗》。南朝梁刘勰《文心雕龙·明诗》："回文所兴，则道原为始；联句共韵，则《柏梁》余制。"

　　*本词补遗自《词人纳兰容若手简》，朱彝尊，上海图书馆 1961 年影印。

风流子　秋郊即事

平原草枯矣，重阳后，黄叶树骚骚①。记玉勒青丝②，落花时节，曾逢拾翠③，忽听吹箫。今来是，烧痕残碧尽，霜影乱红凋。秋水映空，寒烟如织，皂雕飞处④，天惨云高。

人生须行乐，君知否？容易两鬓萧萧⑤。自与东君作别⑥，划地无聊⑦。算功名何许，此身博得，短衣射虎⑧，沽酒西郊⑨。便向夕阳影里，倚马挥毫⑩。

【笺注】

①骚骚：象声词。风吹树木声。

②玉勒：玉饰的马衔。青丝：指马缰绳。南朝梁王僧孺《古意》："青丝控燕马，紫艾饰吴刀。"

③拾翠：拾取翠鸟羽毛以为首饰。后多指妇女游春。三国魏曹植《洛神赋》："或采明珠，或拾翠羽。"

④皂雕：一种黑色大型猛禽。宋黄庭坚《和曹子方杂

言》：“一矢射落皂雕落，张侯犹思在戎行。”

⑤萧萧：稀疏。宋贺铸《减字木兰花》：“簪花照镜，客鬓萧萧都不整。”

⑥东君：司春之神。宋何梦桂《喜迁莺·感春》：“东君别后。见说道花枝，也成清瘦。”

⑦刬（chǎn）地：依旧，照样。

⑧短衣射虎：唐杜甫《曲江》：“短衣匹马随李广，看射猛虎终残年。”《史记·李将军列传》：“广所居郡，闻有虎，尝自射之。及居右北平，射虎，虎腾伤广，广亦竟射杀之。”形容英雄气概、英勇豪迈。

⑨沽酒：买酒。

⑩倚马：南朝宋刘义庆《世说新语·文学》：“桓玄武北征，袁宏时从，被责免官。会须露布，唤袁倚马前，令作。手不辍笔，俄得七纸，殊可观。”挥毫：运笔。谓书写或绘画。宋吴文英《高阳台·寿毛荷塘》：“风月襟怀，挥毫倚马成章。”

画堂春

一生一代一双人①，争教两处销魂②。相思相望不相亲③，天为谁春？浆向蓝桥易乞④，药成碧海难奔⑤。若容相访饮牛津⑥，相对忘贫。

【笺注】

①一生一代一双人：唐骆宾王《代女道士王灵妃赠道士李荣》："相怜相念倍相亲，一生一代一双人。"

②争教：怎教。

③相思相望不相亲：唐王勃《寒夜怀友杂体》："故人故情怀故宴，相望相思不相见。"

④蓝桥：桥名，在陕西省蓝田县东南蓝溪之上。相传其地有仙窟，为唐裴航遇仙女云英处。《太平广记》卷十五引裴硎《传奇·裴航》载，裴航从鄂渚回京途中，与樊夫人同舟，裴航赠诗致情意，后樊夫人答诗云："一饮琼浆百感生，玄霜捣尽见云英。蓝桥便是神仙窟，何必崎岖上玉清。"后于蓝桥驿因求水喝，得遇云英，裴航向其母求婚，其母曰："君约取此女者，得玉杆臼，吾当与之也。"后裴航终于寻得玉杆臼，遂

成婚，双双仙去。后常用作男女约会之处。

⑤药成碧海难奔：唐李商隐《嫦娥》："嫦娥应悔偷灵药，碧海青天夜夜心。"《淮南子·览冥训》："羿请不死之药于西王母，姮娥窃之，奔月宫。"高诱注："姮娥，羿妻，羿请不死之药于西王母，未及服之。姮娥盗食之，得仙。奔入月宫，为月精。"

⑥牛津：天河。晋张华《博物志》："旧说云：天河与海通，近世有人居海渚者，年年八月，有浮搓来去，不失期。人有奇志，立飞阁于搓上，多资粮，乘搓而去。至一处，有城郭状，屋舍甚严，遥望宫中多织妇，见一丈夫牵牛诸次饮之，此人问此何处，答曰：'君还至蜀郡问严君平则知之。'"

蝶恋花

辛苦最怜天上月，一昔如环^①，昔昔都成玦^②。若似月轮终皎洁^③，不辞冰雪为卿热^④。

无那尘缘容易绝，燕子依然，软踏帘钩说^⑤。唱罢秋坟愁未歇^⑥，春丛认取双栖蝶^⑦。

【笺注】

①一昔：一夜。

②玦（jué）：古时佩带的玉器，环形，有缺口。

③终皎洁：南朝宋谢灵运《怨晓月赋》："浮云褰兮收泛滟，明舒照兮殊皎洁。"

④不辞冰雪为卿热：典出《世说新语》："荀奉倩妇病，乃出庭中，自取冷还，以身慰之。"

⑤踏帘钩：唐李贺《贾公闾贵婿曲》："燕语踏帘钩，日虹屏中碧。"清万廷仕《武陵春·春怨》："和雨和烟双燕子，细语踏帘钩。"

⑥唱罢秋坟：李贺《秋来》："秋坟鬼唱鲍家诗，恨血千

年土中碧。"愁未歇：宋仇远《西江月》："折柳新愁未歇，落梅旧梦谁圆。"

⑦双栖蝶：《山堂肆考》载，民间传说蝴蝶必定成双，为梁山伯、祝英台所化，一说是韩凭夫妇的魂魄。

又

眼底风光留不住[1]，和暖和香，又上
雕鞍去[2]。欲倩烟丝遮别路，垂杨那是相
思树。

惆怅玉颜成闲阻[3]，何事东风，不作
繁华主[4]。断带依然留乞句[5]，斑骓一系
无寻处。

【笺注】

①眼底风光留不住：宋辛弃疾《蝶恋花·继杨济翁韵饯范
南伯知县归京城》："有底风光留不住，烟波万倾春江橹"。

②雕鞍：刻饰花纹的马鞍，华美的马鞍，此处借指宝马。
明王彦泓《骊歌二叠》："怜君辜负晓衾寒，和暖和香上
马鞍。"

③闲阻：阻隔。

④繁华：宋晏几道《踏莎行》："柳上烟归，池南雪尽。
东风渐有，繁华信。"

⑤断带：割断了的衣带。唐李商隐《柳枝词序》所叙故

事，序云：商隐从弟李让山遇洛中里女子柳枝，诵商隐《燕台诗》，"柳枝惊问：'谁人有此，谁人为是?'让山谓曰：'此吾里中少年叔耳。'柳枝手断长带，结让山为赠叔，乞诗。"

又　散花楼送客

城上清笳城下杵，秋尽离人，此际心偏苦。刀尺又催天又暮^①，一声吹冷蒹葭浦^②。

把酒留君君不住，莫被寒云，遮断君行处。行宿黄茅山店路^③，夕阳村社迎神鼓^④。

【笺注】

①刀尺：剪刀和尺。裁剪工具，这里指服装的制作。唐杜甫《秋兴》诗之一："寒衣处处催刀尺，白帝城高急暮砧。"

②蒹葭：《诗·秦风·蒹葭》："蒹葭苍苍，白露为霜。所谓伊人，在水一方。"本指在水边怀念故人，后以泛指思念异地友人。

③黄茅山店：荒野郊外的店家。

④村社、神鼓：村中社日，这里指秋社之日。农事结束，立社以祀土地神，鸣奏鼓乐。宋辛弃疾《沁园春·答余叔良》："被西风吹尽，村箫社鼓，青山留得，松盖云旗。"

又

准拟春来消寂寞①，愁雨愁风，翻把春担阁②。不为伤春情绪恶，为怜镜里颜非昨。

毕竟春光谁领略，九陌缁尘③，抵死遮云壑④。若得寻春终遂约，不成长负东君诺⑤。

【笺注】

①准拟：料想，希望。

②翻：反而。担阁：亦作"耽阁"。

③九陌：汉长安城中的九条大道。《三辅黄图·长安八街九陌》："《三辅旧事》云：长安城中八街，九陌。"缁尘：黑色灰尘，常喻世俗污垢。南朝齐谢朓《酬王晋安》："谁能久京洛，缁尘染素衣。"

④抵死：冒死，至死。云壑：云气遮覆的山谷。这里指幽静隐居处。宋王禹偁《酬种放征君一百韵》："侧闻种先生，终南卧云壑。"

⑤不成：不可以。东君：此处指司春之神。

又

又到绿杨曾折处，不语垂鞭①，踏遍清秋路②。衰草连天无意绪，雁声远向萧关去③。

不恨天涯行役苦，只恨西风，吹梦成今古④。明日客程还几许，沾衣况是新寒雨⑤！

【笺注】

①不语垂鞭：唐温庭筠《赠知音》："景阳宫里钟初动，不语垂鞭上柳堤。"

②踏遍清秋路：唐李贺《马诗》："何当金络脑，快走踏清秋。"

③萧关：古关名。故址在今宁夏固原东南，为自关中通向塞北的交通要冲。《汉书·武帝纪》："（元封四年冬十月）通回中道，遂北出萧关。"颜师古注引如淳曰："《匈奴传》：'入朝郍萧关'，萧关在安定朝郍县也。"

④只恨西风，吹梦成今古：宋毛滂《七娘子·舟中早

秋》："云外长安，斜晖脉脉。西风吹梦来无迹。"

⑤沾衣：南朝梁吴均《杂绝句四首》之一："昼蝉已伤念，夜露复沾衣。"

又

萧瑟兰成看老去①，为怕多情②，不作怜花句。阁泪倚花愁不语③，暗香飘尽知何处？

重到旧时明月路④，袖口香寒⑤，心比秋莲苦⑥。休说生生花里住，惜花人去花无主⑦。

【笺注】

①萧瑟：凄凉。兰成：北周庾信的小字。唐陆龟蒙《小名录》："庾信幼而俊迈，聪敏绝伦，有天竺僧呼信为兰成，因以为小字。"唐杜甫《咏怀古迹五首》之一："庾信平生最萧瑟，暮年诗赋动江关。"清浦起龙《读杜心解》："《庾信传》：信在周，虽位望通显，常有乡关之思，乃作《哀江南赋》以致其意，其辞曰：'信年始二毛，即逢丧乱，藐是乱离，至于没齿。燕歌远别，悲不自胜；楚老相逢，泣将何及？'"

②为怕多情：宋柳永《归去来》："一夜狂风雨，花英坠、碎红无数。垂杨漫结黄金缕。尽春残、萦不住。""多情不惯相思苦。休惆怅、好归去。"

③阁泪：含着眼泪。

④旧时明月：宋毛滂《踏莎行·追往事》："碧云无信失秦楼，旧时明月犹相照。"

⑤袖口香寒：宋晏几道《西江月》："醉帽檐头风细，征山袖口香寒。"

⑥秋莲：荷花。因于秋季结莲，故称。宋晏几道《生查子》："遗恨几时休，心抵秋莲苦。"

⑦惜花人去花无主：宋王炎《念奴娇·海棠时过江潭》："惜花无主，自怜身是行客。"

又

露下庭柯蝉响歇①，纱碧如烟②，烟里玲珑月③。并著香肩无可说，樱桃暗解丁香结④。

笑卷轻衫鱼子缬⑤，试扑流萤⑥，惊起双栖蝶。瘦断玉腰沾粉叶⑦，人生那不相思绝。

【笺注】

①庭柯：庭园中的树木。宋张先《南歌子》："蝉抱高高柳，莲开浅浅波。倚风疏叶下庭柯。"

②碧纱如烟：唐李白《乌夜啼》："机中织锦秦川女，碧纱如烟隔窗语。"

③玲珑：明彻貌。唐李白《玉阶怨》："却下水精帘，玲珑望秋月。"

④樱桃：喻指女子小而红润的嘴。丁香结：丁香的花蕾，用以喻愁绪之郁结难解。五代前蜀牛峤《感恩多》："自从南浦别，愁见丁香结。"

⑤鱼子缬（xié）：绢织物名。

⑥流萤：飞行无定的萤烛。唐杜牧《秋夕》："银烛秋光冷画屏，轻罗小扇扑流萤。"

⑦玉腰：玉腰奴，蝴蝶的别名，指蝴蝶的身体。宋陶谷《清异录·花贼》："温庭筠尝得一句云：'蜜官金翼使。'徧干知识，无人可属。久之，自联其下曰：'花贼玉腰奴。'予以谓道尽蜂蜨。"

又　出塞

今古河山无定据①，画角声中，牧马频来去。满目荒凉谁可语，西风吹老丹枫树②。

从前幽怨应无数，铁马金戈，青冢黄昏路③。一往情深深几许④，深山夕照深秋雨。

【笺注】

①定据：犹凭据、定数。

②丹枫：经霜泛红的枫叶。唐李贺《大堤曲》："今日菖蒲短，明朝老枫树。"

③青冢：指汉王昭君墓。在今内蒙古自治区呼和浩特市南。传说当地多白草而此冢独青，故名。唐杜甫《咏怀古迹》之三："一去紫台连朔漠，独留青冢向黄昏。"

④一往情深：明汤显祖《牡丹亭题词》："情不知所起，一往情深，生者可以死，死者可以生。"深几许：宋欧阳修《蝶恋花》："庭院深深深几许。"

又

尽日惊风吹木叶，极目嵯峨①，一丈
天山雪②。去去丁零愁不绝③，那堪客里
还伤别。

若道客愁容易辍，除是朱颜，不共春
销歇④。一纸乡书和泪折⑤，红闺此夜团
圞月⑥。

【笺注】

①嵯峨：高峻的山势。宋苏轼《满庭芳》："归去来兮，
清溪无底，上有千仞嵯峨。"

②一丈天山雪：唐李端《雨雪曲》："天山一丈雪，杂雨
夜霏霏。"

③去去：谓远去。丁零：汉代匈奴属国，在匈奴以北。唐
李端《雨雪曲》："丁零苏武别，疏勒范羌归。"

④销歇：衰败消失。

⑤一纸乡书：唐孟郊《闻夜啼赠刘正元》："愁人独有也
灯见，一纸乡书泪滴穿。"

⑥团圞（luán）：團欒。月圆貌。唐任华《杂言寄杜拾遗》
诗："积翠扈游花匼匝，披香寓值月团栾。"

河传

春残，红怨①，掩双环②。微雨花间
昼闲。无言暗将红泪弹。阑珊，香销轻
梦还。

斜倚画屏思往事③，皆不是④，空作
相思字⑤。记当时，垂柳丝，花枝，满庭
胡蝶儿。

【笺注】

①红怨：因春残花落而懊恼伤感。

②双环：门环，代指大门。

③斜倚画屏：明陆卿子《画堂春》："香消斜倚画屏时，
此恨谁知。"

④皆不是：唐温庭筠《梦江南》："过尽千帆皆不是，斜
晖脉脉水悠悠。"

⑤相思字：宋晏几道《河满子》："良辰好景，相思字、
换不归来。"宋辛弃疾《满江红》："相思字，空盈幅。相思
意，何时足。"

河渎神

凉月转雕阑，萧萧木叶声乾①。银灯
飘落璅窗闲②，枕屏几叠秋山③。

朔风吹透青缣被④，药炉火暖初沸⑤。
清漏沉沉无寐⑥，为伊判得憔悴⑦。

【笺注】

①萧萧：草木摇落之声。屈原《九歌·山鬼》："风飒飒
兮木萧萧，思公子兮徒离忧。"声乾：声音清脆响亮。唐岑参
《虢州西亭陪端公宴集》："开瓶酒色嫩，踏地叶声乾。"

②璅（suǒ）窗：璅，古同"琐"。琐窗，镂刻有连琐图案
的窗棂。琐窗、朱户，在古诗词中大都写的是闺阁娇眠之处。
宋晏几道《浣溪沙》："怅恨不逢如意酒，寻思难值有情人。
可怜虚度琐窗春。"

③枕屏：枕前屏风。宋周密《夜合花·茉莉》："枕屏金
络，钗梁绛缕，都是思量。"

④青缣（jiān）：青色的细绢。

⑤药炉：煮药用的炉子。明王彦泓《述妇病怀》："无奈
药炉初欲沸，梦中已作殷雷声。"

⑥清漏：清晰的滴漏声。宋陈允平《倦寻芳》："清漏沉沉，春梦无据。"

⑦判得：拼得。宋柳永《凤栖梧》："衣带渐宽终不悔，为伊消得人憔悴。"

又

风紧雁行高，无边落木萧萧①。楚天魂梦与香消②，青山暮暮朝朝。

断续凉云来一缕③，飘堕几丝灵雨④。今夜冷红浦溆⑤，鸳鸯栖向何处？

【笺注】

①无边落木萧萧：唐杜甫《登高》："无边落木萧萧下，不尽长江滚滚来。"

②楚天魂梦与香消：《文选·宋玉高唐赋序》："昔者楚襄王与宋玉游于云梦之台，望高唐之观，其上独有云气，崪兮直上，忽兮改容，须臾之间，变化无穷。王问玉曰：'此何气也？'玉对曰：'所谓朝云者也。'王曰：'何谓朝云？'玉曰：'昔者先王尝游高唐，怠而昼寝，梦见一妇人，曰："妾，巫山之女也，为高唐之客。闻君游高唐，愿荐枕席。"王因幸之，去而辞曰："妾在巫山之阳，高丘之阻，旦为朝云，暮为行雨，朝朝暮暮，阳台之下。"旦朝视之，如言，故为立庙，号曰朝云。'"后来在诗文中以此作为男女情事的常用之典。

③凉云：阴凉的云。宋周密《长亭怨慢》："漫倚遍河桥，

一片凉云吹雨。"

　　④灵雨：好雨。《诗·墉风·定之方中》："灵雨既零，命彼倌人，星言夙驾，说于桑田。"郑玄笺："灵，善也。"

　　⑤冷红：指轻寒时节的花。浦溆：水边。唐杨炯《青苔赋》："浦溆邅回兮心断续。"

落花时

夕阳谁唤下楼梯，一握香荑①。回头
忍笑阶前立，总无语也依依②。

笺书直恁无凭据③，休说相思。劝伊
好向红窗醉，须莫及落花时④。

【笺注】

①香荑（tí）：女子香暖柔嫩的手指。《诗·卫风·硕人》：
"手如柔荑。"荑，茅草的嫩芽。宋柳永《般涉调·塞孤》：
"相见了，执柔荑，幽会处、偎香雪。"

②依依：依恋不舍的样子，《玉台新咏·古诗为焦仲卿妻
作》："举手长劳劳，二情同依依。"

③直恁：犹言竟然如此。

④须莫及，落花时：宋欧阳修《玉楼春》："洛城春色待
君来，莫到落花飞似霞。"

词

二

金缕曲　赠梁汾[①]

　　德也狂生耳[②]。偶然间、缁尘京国[③]，乌衣门第[④]。有酒惟浇赵州土[⑤]，谁会成生此意[⑥]？不信道[⑦]、遂成知己。青眼高歌俱未老[⑧]，向樽前、拭尽英雄泪[⑨]。君不见，月如水。

　　共君此夜须沈醉。且由他、蛾眉谣诼[⑩]，古今同忌。身世悠悠何足问，冷笑置之而已。寻思起、从头翻悔。一日心期千劫在[⑪]，后身缘、恐结他生里。然诺重[⑫]，君须记。

【笺注】

　　①梁汾：顾贞观，号梁汾，无锡人，康熙五年（1666）举顺天乡试，擢内国史院典籍。康熙十年（1676）退归乡里，康熙十五年（1676）再度进京，结识词人，有《积书岩集》及《弹指词》。此词作于康熙十五年，是词人成名作，其时初识顾贞观，作《金缕曲》为顾题照。顾贞观有一首和作，附跋

载："岁丙辰（1676），容若二十有二，乃一见即恨识余之晚，阅数日，填此曲为余题照。极感其意，而私讶他生再结殊不祥，何意为乙丑（1685）五月之谶也。"

②德：词人自指。

③缁尘：黑色灰尘，喻世俗污垢。南朝齐谢朓《酬王晋安》："谁能久京洛，缁尘染素衣。"京国：京城。

④乌衣门第：指世家望族。晋宋时期的王、谢两望族居住在南京秦淮河畔的乌衣巷，故以乌衣门第指贵族门第。

⑤有酒惟浇赵州土：唐李贺《浩歌》："买丝绣作平原君，有酒唯浇赵州土。"平原君，即赵胜，战国时赵国贵族。赵惠文王之弟，封于东武城，号平原君。"战国四君子"之一，喜好交游。

⑥成生：即词人。性德原名成德，满族汉译，取汉语中谐音而美好的词。康熙十四年（1675），康熙立保成为太子，成德为了避讳便改名"性德"。翌年，保成改名胤礽，"性德"又恢复为"成德"，"性德"只用了一年而已。性德署名，常作"成德"，或效法汉人，以"成"为姓，另取"容若"为字，署作"成容若"，友人亦用"成容若"这个名字称呼他。

⑦道：语助词，相当于"得"。

⑧青眼高歌俱未老：唐杜甫《短歌行赠王郎司直》："青眼高歌望吾子，眼中之人吾老矣。"青眼，指对人喜爱或器重，与"白眼"相对。据《晋书·阮籍传》："籍又能为青白眼，见礼俗之士，以白眼对之。"

⑨向樽前、拭尽英雄泪：宋张榘《贺新凉》："髀肉未消仪舌在，向尊前、莫洒英雄泪。"尊前，在酒樽之前，指酒筵上。

⑩蛾眉谣诼：造谣中伤。战国楚屈原《离骚》："众女嫉

余蛾眉兮，谣诼谓余以善淫。”顾贞观在康熙十年（1671）因被人诽谤，从内国史院典籍谪归故里。

⑪劫：佛教名词，“劫波”的略称，意为极久远的时节。古印度传说世界经历若干万年毁灭一次，重新再开始，这样一个周期叫做一“劫”。“劫”的时间长短，佛经有各种不同的说法。一“劫”包括“成”、“住”、“坏”、“空”四个时期，叫做“四劫”。到“坏劫”时，有水、火、风三灾出现，世界归于毁灭。后人借指天灾人祸。

⑫然诺：然、诺皆应对之词，表示应允。三国魏曹植《赠友》：“延陵轻宝剑，季布重然诺。”

又　姜西溟言别赋此赠之[1]

　　谁复留君住。叹人生、几番离合，便成迟暮。最忆西窗同剪烛，却话家山夜雨[2]。不道只、暂时相聚。滚滚长江萧萧木[3]，送遥天、白雁哀鸣去[4]。黄叶下[5]，秋如许。

　　曰归因甚添愁绪[6]？料强似、冷烟寒月，栖迟梵宇[7]。一事伤心君落魄，两鬓飘萧未遇[8]。有解忆、长安儿女[9]。裘敝入门空太息[10]，信古来、才命真相负[11]。身世恨，共谁语？

【笺注】

　　①姜西溟：姜宸英，清代文学家，字西溟，号湛园、苇间，浙江慈溪人。明末诸生，年七十举进士，授编修。后因科场案牵连，死于狱中。姜宸英与词人结识于康熙十二年（1673）。康熙十八年（1679），姜宸英为奔母丧南归，此词写于南归之前。

②最忆西窗同剪烛，却话家山夜雨：唐李商隐《夜雨寄北》："何当共剪西窗烛，却话巴山夜雨时。"

③滚滚长江：唐杜甫《登高》："无边落木萧萧下，不尽长江滚滚来。"

④白雁哀鸣：唐李白《学古思边》："衔悲上陇首，肠断不见君。……白雁从中来，飞鸣苦难闻。"

⑤黄叶下：南朝梁何逊《日夕望江赠鱼司马诗》："仲秋黄叶下，长风正骚屑。"

⑥曰：助词，用于句首。

⑦栖迟：羁留，隐遁。《后汉书·冯衍传下》："久栖迟于小官，不得舒其所怀。"梵宇：佛寺。当时，词人将姜宸英安顿于什刹海之千佛寺。

⑧飘萧：鬓发稀疏貌。唐郑嵎《津阳门诗》："漂萧雪鬓双垂颐。"未遇：未得到赏识和重用，未发迹。

⑨有解忆、长安儿女：唐杜甫《月夜》："遥怜小儿女，未解忆长安。"

⑩裘敝：比喻生活穷困，穷途末路。敝，破旧。典出《战国策·秦策一》："说秦王书十上而说不行，黑貂之裘敝，黄金百斤尽，资用乏绝，去秦而归。"

⑪信古来、才命真相负：唐李商隐《有感》："中路因循我所长，古来才命两相妨。"

又　简梁汾①

洒尽无端泪。莫因他、琼楼寂寞②，误来人世。信道痴儿多厚福③，谁遣偏生明慧。莫更著、浮名相累。仕宦何妨如断梗④，只那将、声影供群吠⑤。天欲问，且休矣。

情深我自判憔悴⑥。转丁宁⑦、香怜易爇⑧，玉怜轻碎。羡杀软红尘里客⑨，一味醉生梦死。歌与哭、任猜何意。绝塞生还吴季子⑩，算眼前、此外皆闲事。知我者，梁汾耳。

【笺注】

①简：简札，书信。此词作于顾贞观寄吴兆骞《金缕曲》二首之后，约康熙十五年（1676）岁末或年初。汪刻本词题作《简梁汾，时方为吴汉槎作归计》。词人向顾贞观作出许诺，誓必把流放东北多年的吴兆骞营救回来。吴兆骞：清代文学家，字汉槎，吴江人。少有隽才，入慎交社，文名鹊起。顺治

丁酉（顺治十四年，1657）举乡试，卷入科场案，流放宁古塔，曾在戌所与友人结"七子会"，所作《长白山赋》，为世所传。后经词人、顾贞观、徐乾学等救助，遂得放归。

②琼楼：形容华美的建筑物，此处指雪后寺庙的楼台。顾贞观《金缕曲》有小注："寄吴汉槎宁古塔，以词代书。丙辰冬，寓京师千佛寺，冰雪中作。"

③痴儿多厚福：俗语又疾人多福之说。明《菜根谭》："痴人每多福，以其近厚也。"

④断梗：折断的苇梗。《战国策·齐策》载，苏代谓孟尝君曰："臣来过于淄上，有土偶人与桃梗相与语。桃梗谓土偶曰：'子西岸之土也，挺子以为人，淄水至则汝残矣。'土偶曰：'吾，西岸之土也，土则复西岸耳。今子，东国之桃梗也，刻削子以为人，淄水至，流子而去，则漂漂者将如何耳?'"后以桃梗或断梗比喻漂流无定的旅人，这里指绝意于仕途。

⑤声影供群吠：汉王符《潜夫论·贤难》："一犬吠形，百犬吠声。"喻庸众胡乱随声附和。

⑥判憔悴：拼得憔悴亦甘心之意。情深：顾贞观《金缕曲》中有："我亦飘零久。十年来，深恩负尽，死生师友。……薄命长辞知己别，问人生，到此凄凉否。千万恨，为君剖。"

⑦丁宁：嘱咐。

⑧爇（ruò）：烧，焚烧。

⑨软红尘：飞扬的尘土。形容繁华热闹，亦指繁华热闹的地方。

⑩吴季子：春秋时吴国贤公子季札，亦称延陵季子，这里代指吴兆骞。吴兆骞在家中排行老四，依古人习惯，用"伯、仲、叔、季"或"孟、仲、叔、季"，表示从老大到老幺。顾贞观《金缕曲》："季子平安否。便归来、平生万事，那堪回首。"

又　寄梁汾

木落吴江矣①。正萧条、西风南雁，碧云千里。落魄江湖还载酒②，一种悲凉滋味。重回首、莫弹酸泪③。不是天公教弃置，是南华、误却方城尉④。飘泊处，谁相慰？

别来我亦伤孤寄⑤。更那堪、冰霜摧折，壮怀都废⑥。天远难穷劳望眼，欲上高楼还已⑦。君莫恨、埋愁无地。秋雨秋花关塞冷，且殷勤、好作加餐计⑧。人岂得，长无谓⑨！

【笺注】

①吴江：吴淞江，代指顾贞观的家乡无锡。宋叶梦得《满庭芳》："枫落吴江，扁舟摇荡，暮山斜照催日晴。"

②落魄江湖还载酒：唐杜牧《遣怀》："落魄江湖载酒行，楚腰纤细掌中轻。"落魄，穷困失意。

③酸泪：酸楚悲伤的眼泪。宋高观国《生查子》："酸泪

不成弹，又向春心聚。”

④南华：《南华真经》的省称，即《庄子》的别名。唐天宝元年，诏号《庄子》为《南华真经》。方城尉：指唐代诗人、词人温庭筠，曾任随县和方城县尉。据五代孙光宪《北梦琐言》卷二、宋计有功《唐诗纪事》卷五十四，令狐绹曾以旧事相逊询于温庭筠，温庭筠答道：“此事见于《南华经》。《南华经》并不是冷门书，相国公事之余也应该看一点古书。”令狐绹与温庭筠积怨已久，因而更加生气，上奏说温庭筠有才无行，致使温庭筠终落榜。

⑤孤寄：独身寄居他乡。

⑥壮怀：豪壮的胸怀。废：旷废，消散。宋李纲《感皇恩·枕上》：“壮怀消散，尽付败荷衰草。”

⑦天远难穷劳望服，欲上高楼还已：宋辛弃疾《满江红》：“天远难穷休久望，楼高欲下还重倚。”

⑧加餐：慰劝之辞。谓多进饮食，保重身体。《古诗十九首》：“长跪读素书，其中意何如：上言加餐饭，下言长相忆。”

⑨人岂得，长无谓：谓当有所作为。唐李商隐《无题》：“人生岂得长无谓，怀故思乡共白头。”

又　再赠梁汾，用秋水轩旧韵①

酒涴青衫卷②。尽从前、风流京兆③，闲情未遣。江左知名今廿载④，枯树泪痕休泫⑤。摇落尽、玉蛾金茧⑥。多少殷勤红叶句，御沟深、不似天河浅⑦。空省识，画图展⑧。

高才自古难通显。枉教他、堵墙落笔⑨，凌云书扁⑩。入洛游梁重到处⑪，骇看村庄吠犬。独憔悴⑫、斯人不免。衮衮门前题凤客⑬，竟居然、润色朝家典⑭。凭触忌，舌难剪⑮。

【笺注】

①秋水轩：明末清初孙承泽旧宅。康熙十一年（1672），周在浚借居其中，与曹尔堪、龚鼎孳酬唱，后辑录为《秋水轩唱和词》。嗣后，大江南北多有赓和，为清初词坛的一大盛事，史称“秋水轩唱和”。顾贞观《金缕曲》词前小序称“秋水轩词，一韵累百”。词人并未参与秋水轩唱和，这里仅用其词牌

与韵脚字，故称"用秋水轩旧韵"。

②浼（wò）：酒渍浸染。

③风流京兆：用汉代张敞"画眉"之典。《汉书·张敞传》："敞无威仪……又为妇画眉，长安中传张京兆眉怃。有司以奏敞。上问之，对曰：'臣闻闺房之内，夫妇之私，有过于画眉者。'"宋刘过《蝶恋花·赠张守宠姬》："眉黛两山谁为扫，风流京兆江南调。"

④江左：江东，指长江下游南岸地区。古人在地理上以东为左，以西为右，故江东又名江左。

⑤枯树泪痕休法：北周庾信《枯树赋》："桓大司马闻而叹：昔年移柳，依依江南；今看摇落，凄怆江潭。树犹如此，人何以堪。"

⑥玉蛾：常喻雪花，这里指柳絮。明杨慎《柳》："玉蛾翻雪暖风前。"金茧：金黄色的蚕茧，喻柳叶。明俞彦《蝶恋花·柳絮》："飞絮粘空，总被东风唤。金茧玉娥寒食半，永丰坊里天涯畔。"

⑦多少殷勤红叶句，御沟深、不似天河浅：用"御沟红叶"之典。御沟，流经宫苑的河道。唐孟棨《本事诗》载，顾况在洛阳游苑中，流水上得大梧叶，上有宫女题诗，顾况次日于上游题诗叶上，泛于波中，以此传情。又一说，题诗宫女名韩翠苹，诗为于祐所得，于又题诗为韩所得，韩、于最终成为夫妻。红叶题诗的故事，后比喻男女奇缘。这里的"深"和"浅"显然别有所指，朝廷之中阻碍深重。

⑧空省识，画图展：唐杜甫《咏怀古迹》："画图省识春风面，环佩空归岁月夜魂。"据《西京杂记》："元帝后宫既多，不得常见，乃使画工图其形，案图召幸。诸宫人皆赂画工，多者十万，少者亦不减五万。独王嫱不肯，遂不得见。匈

奴入朝，求美人为阏氏，于是上案图以昭君行。及去，召见。貌为后宫第一，善应对，举止闲雅。帝悔之，而名籍已定，帝重信于外国，故不复更人，乃穷案其事。画工皆弃市，籍其家资巨万。"词人以此典暗喻朝廷无人识得顾贞观的才学。

⑨堵墙落笔：谓围观者密集众多，排列如墙。唐杜甫《莫相疑行》："集贤学士如堵墙，观我落笔中书堂。"时杜甫献三大礼赋，唐玄宗安排宰相在集贤院试他的文章。杜甫应试时，集贤院的学士们围观，对文章给予高度评价。但朝廷并未重用杜甫，只是把他列入候补名册。

⑩凌云书扁：扁，即匾。《晋书·王献之传》载，太元年间，新建太极殿，谢安想请王献之题字，试探着说："魏时凌云殿的匾额还没有题写就被工匠误钉上去，无法摘下来。韦仲将不得不站在吊起的凳子上书写。写完后，韦仲将的胡须鬓角都白了，只剩一口气，回来对子弟说再不可这么做。"王献之明白谢安的用意，严肃地说："韦仲将是魏国大臣，怎么会有这事。即使果真如此，那只能说明魏国国运不长是有原因的了。"于是，谢安不再强迫王献之题匾。

⑪入洛：比喻不得志。《晋书·陆机传》载，陆机、陆云兄弟于晋太康末年自吴入洛，在司徒张华的赏识下，平步青云，但最终失势被谗害。游梁：谓仕途不得志。《史记·司马相如列传》："（司马相如）以赀为郎，事孝景帝，为武骑常侍，非其好也。会景帝不好辞赋，是时梁孝王来朝，从游说之士齐人邹阳、淮阴枚乘、吴庄忌夫子之徒，相如见而说之，因病免，客游梁。"

⑫独憔悴：唐杜甫《梦李白》："冠盖满京华，斯人独憔悴。"

⑬题凤：南朝宋刘义庆《世说新语·简傲》："嵇康与吕

安善，每一相思，千里命驾。安后来，值康不在。喜（嵇康兄）出户延之，不入。题门上作'鳳（凤）'字而去。喜不觉，犹以为欣，故作。'凤'字，凡鸟也。"后因以为访友的典故。

⑭朝家：国家，朝廷。《后汉书·应劭传》："鲜卑隔在漠北……苟欲中国珍货，非为畏威怀德。计获事足，旋踵为害。是以朝家外而不内，盖为此也。"李贤注："朝家犹国家也。"顾贞观曾任内国史院典籍，负责的正是"朝家典"，却被同僚排挤而去官。

⑮凭触忌、舌难剪：唐《广异志》：夔州道士王法朗舌长，呼言不正，乃日诵《道德经》，后梦老君剪其舌，觉来，语言乃正。这两句是说纵然触犯朝廷，还是会直言不讳。

又

生怕芳樽满①。到更深、迷离醉影，残灯相伴。依旧回廊新月在，不定竹声撩乱。问愁与、春宵长短。人比疏花还寂寞，任红蕤、落尽应难管②。向梦里，闻低唤③。

此情拟倩东风浣。奈吹来、馀香病酒④，旋添一半。惜别江郎浑易瘦⑤，更著轻寒轻暖⑥。忆絮语⑦、纵横茗椀。滴滴西窗红蜡泪⑧，那时肠、早为而今断。任角枕⑨，欹孤馆。

【笺注】

①芳樽：精致的酒器。唐王勃《秋日楚州郝司户宅饯崔使君序》："宾友盛而芳樽漏，林塘清而上筵肃。"

②蕤（ruí）：指花萼。

③向梦里，闻低唤：明王彦泓《满江红》："无端梦觉低声唤。"

④病酒：饮酒沉醉。宋欧阳修《蝶恋花》："日日花前常病酒。"

⑤江郎：江淹，南朝梁文学家，代表作有《恨赋》《别赋》，文辞精美，情调悲凉凄婉。

⑥轻寒轻暖：宋陈亮《水龙吟·春恨》："迟日催花，淡云阁雨，轻寒轻暖。"轻，微。

⑦絮语：连绵不断地低声细语。明吴骐《甘州子·题情》："暗香微逗锦衾鲜，愁到五更天。鸾枕畔、絮语不成眠。"

⑧红蜡：红烛。唐皮日休《春夕酒醒》："夜半醒来红蜡短，一枝寒泪作珊瑚。"

⑨角枕：角制或用角装饰的枕头。《诗·唐风·葛生》："角枕粲兮，锦衾烂兮。"敧：通"倚"。斜倚，斜靠。

又　慰西溟^①

何事添悽咽？但由他、天公簸弄^②，莫教磨涅^③。失意每多如意少，终古几人称屈。须知道、福因才折。独卧藜床看北斗^④，背高城、玉笛吹成血^⑤。听谯鼓^⑥，二更彻^⑦。

丈夫未肯因人热^⑧。且乘闲、五湖料理^⑨，扁舟一叶。泪似秋霖挥不尽^⑩，洒向野田黄蝶。须不羡、承明班列^⑪。马迹车尘忙未了，任西风、吹冷长安月^⑫。又萧寺^⑬、花如雪^⑭。

【笺注】

①西溟：即姜宸英。见《金缕曲·姜西溟言别赋此赠之》笺注。此词作于康熙十八年（1679），其时姜宸英错过博学鸿儒科之选，词人以词相慰。

②簸弄：玩弄，耍弄。宋张炎《词源》卷下："簸弄风月，陶写性情，词婉于诗。"

③磨涅：喻挫折。《论语·阳货》："不曰坚乎，磨而不磷；不曰白乎，涅而不淄。"晋蔡洪《与刺史周俊书》："张畅，字威伯，……居磨涅之中，而无淄磷之损。"

④藜床：藜茎编的床榻。泛指简陋的坐榻。北周庾信《小园赋》："况乎管宁藜床，虽穿而可坐；嵇康煅灶，既暖而堪眠。"北斗：指北斗星。《晋书·天文志上》："北斗七星在太微北……斗为人君之象，号令之主也。"后因以喻帝王。

⑤背高城：姜宸英在京城时，暂住在京城北城墙外的千佛寺，是为背高墙。

⑥谯鼓：谯楼更鼓。谯楼，古代城门上建造的用以高望的楼。更鼓，报更的鼓声。清曹贞吉《扫花游》："漫凭仁，听寒城数声谯鼓。"

⑦彻：达，到。

⑧未肯因人热：用"不因人热"之典。《东观汉记·梁鸿传》："（鸿）常独坐止，不与人同食。比舍先炊，已，呼鸿及热釜炊。鸿曰：'童子鸿不因人热者也。'灭灶更燃火。"后因以称不仰仗别人。清钱澄之《孤萤篇》："熠熠何曾借墙光，凄凉不肯因人热。"

⑨五湖：《国语·越语下》载，春秋末越国大夫范蠡，辅佐越王勾践，灭亡吴国，功成身退，乘轻舟以隐于五湖。后因以"五湖"指隐遁之所。

⑩秋霖：秋日的淫雨。战国宋玉《九辩》："皇天淫溢而秋霖兮，后土何时而得干？"

⑪承明：承明庐。汉承明殿旁屋，侍臣值宿所居，称承明庐。又三国魏文帝以建始殿朝群臣，门曰承明，其朝臣止息之所亦称承明庐。《汉书·严助传》："君厌承明之庐，劳侍从之事，怀故土，出为郡吏。"颜师古注引张晏曰："承明庐在石

梁阁外，直宿所止曰庐。"班列：朝班的行列。

⑫长安：代指京城。

⑬萧寺：这里指千佛寺。

⑭花如雪：南朝齐范云《别诗》："洛阳城东西，长作经识别。昔去雪如花，今来花如雪。"参照严绳孙《金缕曲》"赠西溟，次容若韵。"词下片："更谁炙手真堪热。只些儿、翻云覆雨，移根换叶。我是漆园工隐几，也任人猜蝴蝶。凭寄语、四明狂客。烂醉绿槐双影畔，照伤心、一片琳官月。归梦冷，逐回雪。"

又　亡妇忌日有感^①

此恨何时已^②。滴空阶、寒更雨歇^③，葬花天气^④。三载悠悠魂梦杳^⑤，是梦久应醒矣。料也觉、人间无味。不及夜台尘土隔^⑥，冷清清、一片埋愁地^⑦。钗钿约^⑧，竟抛弃。

重泉若有双鱼寄^⑨。好知他、年来苦乐，与谁相倚？我自终宵成转侧，忍听湘弦重理^⑩。待结个、他生知己。还怕两人俱薄命，再缘悭^⑪、剩月零风里。清泪尽，纸灰起^⑫。

【笺注】

①词人悼念亡妻卢氏，于妻三周年忌日，即康熙十九年（1680）五月三十日所作。据叶崇舒《纳腊室卢氏墓志铭》："夫人卢氏，年十八归余同年生成德，康熙十六年（1677）五月三十日卒，春秋二十有一。"

②此恨何时已：宋李之仪《卜算子》："此水几时休，此

恨何时已。"

③滴空阶：南朝梁何逊《临行与故游夜别》："夜雨滴空阶，晓灯暗离室。"宋柳永《尾犯》："夜雨滴空阶，孤馆梦回，情绪萧索。"又《浪淘沙》："那堪酒醒，又闻空阶，夜雨频滴。"寒更：寒夜的更点，这里借指寒夜。宋柳永《忆帝京》："展转数寒更，起了还重睡。"

④葬花天气：五月正是暮春落花时节，这里既指时令，又暗喻妻子如落花般零落。

⑤杳：消失，不见踪影。

⑥夜台：坟墓。这里借指阴间。宋张炎《锁窗寒》："想如今、醉魂未醒，夜台梦语秋声碎。"

⑦埋愁地：《后汉书·仲长统传》载："统性俶傥，敢直言，不矜小节，默语无常，时人或谓之狂生。每州郡命召，辄称疾不就。常以为凡游帝王者，欲以立身扬名耳，而名不常存，人生易灭，优游偃仰，可以自娱。欲卜居清旷，以乐其志。"曾作诗表志，其中有"寄愁天上，埋忧地下"句。

⑧钗钿：金钗、钿合。钗钿约，用唐玄宗与杨贵妃定情之典。唐陈鸿《长恨歌传》："进见之日，奏《霓裳羽衣曲》以导之；定情之夕，授金钗钿合以固之。"

⑨重泉：犹九泉，即死者所归处。双鱼：用两条鲤鱼做底盖，把书信夹在里面的鱼形木板，故常用来代指书信。

⑩湘弦：即湘瑟。湘妃所弹之瑟，代指瑟。古人用琴瑟喻夫妻，故称丧妻为"断弦"，称再娶为"续弦"。"湘弦重理"暗示当时有人建议词人再娶。忍：怎，岂。

⑪悭（qiān）：阻碍。唐杜甫《铜官渚守风》："早泊云物晦，逆行波浪悭。"仇兆鳌注："悭，阻滞难行也。"剩月零风：顾贞观《唐多令》："双泪滴花丛，一身惊断蓬，尽当年、剩月

零风。”

⑫纸灰：纸钱烧化的灰。元萨都剌《酹江月·过淮阴》：
“古木鸦啼，纸灰风起，飞入淮阴庙。”

又

　　疏影临书卷①。带霜华②、高高下下，粉脂都遣。别是幽情嫌妩媚，红烛啼痕休法③。趁皓月、光浮冰茧④。恰与花神供写照，任泼来、淡墨无深浅。持素障⑤，夜中展。

　　残缸掩过看逾显⑥。相对处、芙蓉玉绽，鹤翎银扁⑦。但得白衣时慰藉⑧，一任浮云苍犬⑨。尘土隔、软红偷免⑩。簾幙西风人不寐，恁清光、肯惜鹣裘典⑪。休便把，落英翦⑫。

　　①疏影：疏朗的影子。书卷：书籍。古代书本多作卷轴，故称。

　　②霜华：皎洁的月光。唐白居易《长相思》："九月西风兴，月冷霜华凝。"此处喻指白色须发。

　　③啼痕：泪痕。这里指红烛燃烧时淌下的红色蜡痕。

④冰茧：冰蚕所结的茧。这里指"茧纸"，用蚕茧制作的纸，洁白缜密。明胡汝嘉《江城子·燕坐》："醉写新词陶客思，冰茧薄，墨痕浓。"

⑤障：屏风。这里指屏风画，一种素白色的绢帛软障。

⑥缸：同"釭"。灯，油灯。

⑦鹤翎：鹤的羽毛。喻指白色的花瓣。扁：谓物体宽而薄，这里指花瓣薄。

⑧白衣：送酒的吏人。南朝宋檀道鸾《续晋阳秋·恭帝》："王宏为江州刺史，陶潜九月九日无酒，于宅边东篱下菊丛中摘盈把，坐其侧。未几，望见一白衣人至，乃刺史王宏送酒也。即便就酌而后归。"后因以为重阳故事。这里指饮酒。

⑨浮云苍犬：浮云像白裳，很快又变成了白色的狗。比喻世事变幻无常。唐杜甫《可叹》："天上浮云似白衣，斯须改变如苍狗。"

⑩软红：即软红尘。飞扬的尘土，形容繁华热闹。宋李石《雨中花慢》："尽道软红香土，东华风月俱新。"

⑪鹔裘典：用"貂裘换酒"之典。东晋葛洪《西京杂记》：司马相如初与卓文君还成都，居贫愁懑，以所着鹔（sù）鹴（shuāng）裘就市人阳昌贳酒，与文君为欢。既而文君抱颈而泣曰："我平生富足，今乃以衣裘贳酒。"遂相与谋于成都卖酒。形容富贵者放荡不羁的生活。宋刘筠《劝石集贤饮》："鲁壁休分科斗字，蜀都且换鹔鹴裘。"

⑫落英：落花。《楚辞·离骚》："朝饮木兰之坠露兮，夕餐秋菊之落英。"按，一说为初生之花。游国恩纂义引孙奕曰："宫室始成而祭则曰落成。故菊英始生亦曰落英。"

又

　　未得长无谓[1]。竟须将、银河亲挽，普天一洗[2]。麟阁才教留粉本[3]，大笑拂衣归矣[4]。如斯者、古今能几？有限好春无限恨，没来由、短尽英雄气[5]。暂觅个，柔乡避[6]。

　　东君轻薄知何意[7]。尽年年、愁红惨绿[8]，添人憔悴。两鬓飘萧容易白[9]，错把韶华虚费。便决计、疏狂休悔[10]。但有玉人常照眼[11]，向名花[12]、美酒拼沉醉。天下事，公等在。

【笺注】

　　①长无谓：长时间无所作为。唐李商隐《无题》："人生岂得长无谓，怀古思乡共白头。"

　　②银河亲挽：亲手引天河之水。唐杜甫《洗兵马》："安得壮士挽天河，净洗甲兵长不用。"

　　③麟阁：即汉代麒麟阁，在未央宫。汉宣帝时曾图霍光等

十一功臣像于阁上，以表扬其功绩。后多以画像于"麒麟阁"表示卓越功勋和最高的荣誉。《三辅黄图·阁》："麒麟阁，萧何造，以藏秘书，处贤才也。"《汉书·苏武传》："甘露三年，单于始入朝。上思股肱之美，迺图画其人于麒麟阁。"颜师古注引张晏曰："武帝获麒麟时作此阁，图画其像于阁，遂以为名。"粉本：本谓画稿。这里指图画。

④拂衣：振衣而去，这里指归隐。唐李白《侠客行》："事了拂衣去，深藏身与名。"

⑤短尽英雄气：用"英雄气短"之典。《增广尚友录统编》卷三《苏丕》载："丕，有高行，少时一试礼部，不中，即拂衣去，曰：'此中最易短英雄之气。'"后谓才识之士因遭遇困厄或挫折而意志消沉。

⑥柔乡：温柔富贵之乡，这里指女色迷人之境。

⑦东君：司春之神。

⑧愁红惨绿：经风雨摧残的残花败叶。这里比喻女子的愁容。宋柳永《定风波》："自春来，惨绿愁红，芳心是事可可。"

⑨飘萧：鬓发稀疏貌。宋毛滂《烛影摇红·归去曲》："鬓绿飘萧，漫郎已是青云晚。"

⑩疏狂：豪放，不受拘束。五代前蜀顾夐《玉楼春》："恨郎何处纵疏狂，长使含啼眉不展。"

⑪照眼：犹耀眼。这里指玉人美得让人眼前一亮。明王彦泓《梦游》："但有玉人长照眼，更无尘务暂经心。"

⑫名花：有名的美女。旧时常指名妓。

*此词补遗自《纳兰词》卷四，汪元治编，清道光十二年结铁网斋刻本。

踏莎美人　清明

拾翠归迟[1]，踏青期近，香笺小叠邻姬讯[2]。樱桃花谢已清明，何事绿鬟斜嚲宝钗横[3]？

浅黛双弯[4]，柔肠几寸，不堪更惹其他恨。晓窗窥梦有流莺[5]，也觉个侬憔悴可怜生[6]。

【笺注】

①拾翠：拾取翠鸟羽毛以为首饰。后多指妇女游春。三国魏曹植《洛神赋》：“或采明珠，或拾翠羽。”宋张先《木兰花·乙卯吴兴寒食》：“芳洲拾翠暮忘归，秀野踏青来不定。”

②笺：同“牋”。精美的小幅纸张，供题诗、写信等用。香笺，加香料的诗笺或信笺。宋柳永《玉蝴蝶》：“珊瑚筵上，亲持犀管，旋叠香笺。”邻姬：宋朱淑真《约春游不去》：“邻姬约我踏青游，强拂愁眉下小楼。”

③绿鬟：乌黑发亮的发髻。这里指妇女美丽的头发。嚲（duǒ）：下垂。

④浅黛：指用黛螺淡画的眉。宋张先《卜算子慢》：“惜

弯弯浅黛长长眼。"

⑤流莺：即莺。流，谓其鸣声婉转。宋王安石《午枕》：
"窥人鸟唤悠飏梦。"

⑥个侬：这人，那人。生：语助词，无实意。

红窗月

燕归花谢，早因循又过清明①。是一般风景②，两样心情。犹记碧桃影里誓三生③。

乌丝阑纸娇红篆④，历历春星⑤。道休孤密约⑥，鉴取深盟⑦。语罢一丝香露湿银屏⑧。

【笺注】

①因循：顺应自然，有无奈之意。宋宋祁《浪淘沙近》："因循不觉韶光换。"

②一般：一样，同样。

③碧桃影里：《续青琐高议》载，鲁敢与西真走进一座洞中，碧桃艳杏，香气凝聚。西真说："希望他日与君从人间归来，双栖于此。"誓三生：用"三生石"之典。唐袁郊《甘泽谣·圆观》载，传说唐李源与僧圆观友善，同游三峡，见妇人引汲，观曰："其中孕妇姓王者，是某讬身之所。"更约十二年中秋之夜，相会于杭州天竺寺外。是夕观果殁，而孕妇产。及期，源赴约，闻牧童歌《竹枝词》："三生石上旧精魂，赏

月吟风不要论。惭愧情人远相访，此身虽异性长存。"源因知牧童即圆观之后身。后人附会谓杭州天竺寺后山的三生石，即李源、圆观相会处，诗人常以此为前因宿缘之典。词人在此悼念亡妻，以"三生石"之典，寄托哀思之情。三生，前生、今生和来生。

④乌丝阑：指有墨线格子的笺纸。宋辛弃疾《乌夜啼·戏赠籍中人》："春寂寂，娇滴滴，笑盈盈。一段乌丝阑上、记多情。"有时省称乌丝。宋辛弃疾《临江仙》："入手清风词更好，细书白茧乌丝。"娇红：嫩红，鲜艳的红色。篆：名字印章。

⑤历历：清晰貌。《古诗十九首·明月皎夜光》："玉衡指孟冬，众星何历历。"

⑥辜：通"辜"，辜负。

⑦鉴取：察知了解。取，助词，表示动作的进行。深盟：指男女双方向天发誓，永结同心的盟约。

⑧香露：花草上的露水。

南歌子

翠袖凝寒薄①，簾衣入夜空②。病容扶起月明中③，惹得一丝残篆旧薰笼④。

暗觉欢期过，遥知别恨同。疏花已是不禁风，那更夜深清露湿愁红⑤。

【笺注】

①翠袖：青绿色衣袖，这里指女子的装束。凝寒：严寒。三国魏刘桢《赠从弟》诗之二："岂不罹凝寒，松柏有本性。"李善注："凝，严也。"唐杜甫《佳人》："天寒翠袖薄，日暮倚修竹。"

②帘衣：《南史·夏侯亶传》："（亶）晚年颇好音乐，有妓妾十数人，并无被服姿容，每有客，常隔帘奏之，时谓帘为夏侯妓衣。"后因谓帘幕为帘衣。

③病容扶起：犹扶病而起。扶病，带着病，支撑病体。

④残篆：烧剩下的盘香。

⑤清露：雨的别称。宋晏殊《浣溪沙》："湖上西风急暮蝉，夜来清露湿红莲。"愁红：经风雨摧残的花。

"

又

暖护樱桃蕊，寒翻蛱蝶翎①。东风吹绿渐冥冥②，不信一生憔悴伴啼莺。

素影飘残月③，香丝拂绮棂④。百花迢递玉钗声⑤，索向绿窗寻梦寄馀生⑥。

【笺注】

①蛱蝶：蝴蝶。翎：昆虫的翅翼。

②冥冥：幽深貌。《楚辞·九章·涉江》："深林杳以冥冥兮，乃猿狖之所居。"

③素影：月影。宋孙觌《浣溪沙》："素影徘徊波上月，醉乡摇荡竹间云。"

④香丝：指柳条。绮棂：装饰花纹的窗棂。晋袁宏《拟古诗》："文幌曜琼扇，碧疏映绮棂。"

⑤迢递：连绵不绝貌。玉钗：指美女。

⑥绿窗：绿色纱窗，这里指女子居室。唐温庭筠《菩萨蛮》："花落子规啼，绿窗残梦迷。"

又 古戍

古戍饥乌集①，荒城野雉飞。何年劫火剩残灰②？试看英雄碧血满龙堆③。

玉帐空分垒④，金笳已罢吹⑤。东风回首尽成非，不道兴亡命也岂人为。

【笺注】

①饥乌：饥饿的乌鸦。唐沈佺期《出塞曲》："饥乌啼旧垒，疲马恋空城。"

②劫火：佛教语，谓坏劫之末所起的大火。南朝梁高僧慧皎《高僧传·竺法兰》："又昔汉武穿昆明池底，得黑灰，以问东方朔。朔云：'不知，可问西域胡人。'"后法兰既至，众人追以问之，兰云：'世界终尽，劫火洞烧，此灰是也。'"这里借指兵火。

③碧血：《庄子·外物》："苌弘死于蜀，藏其血，三年而化为碧。"后因以"碧血"称忠臣烈士所流之血。龙堆：白龙堆的略称。古西域沙丘名，在新疆天山南路。《汉书·匈奴传下》："岂为康居、乌孙能瑜白龙堆而寇西边哉，乃以制匈奴也。"颜师古注引孟康曰："龙堆形如土龙身，无头有尾，高

大者二三丈，埤者丈余，皆东北向，相似也。在西域中。"

④玉帐：帐幕如玉之坚，为主帅所居，这里借指主将。宋辛弃疾《满江红》："破敌金城雷过耳，谈兵玉帐冰生颊。"垒：指军营。

⑤金笳：古代北方民族常用的一种管乐器。南朝梁江淹《从萧骠骑新亭》："金笳夜一远，明月信悠悠。"

一络索

过尽遥山如画，短衣匹马①。萧萧落木不胜秋，莫回首斜阳下。

别是柔肠萦挂②，待归才罢。却愁拥髻向灯前③，说不尽离人话。

【笺注】

①短衣匹马：穿着短衣，骑着一匹骏马。形容士兵雄姿强健。唐杜甫《曲江三章章五句》诗之三："短衣匹马随李广，看射猛虎终残年。"短衣，短装。古代为平民、士兵等所服。《史记·刘敬叔孙通列传》："叔孙通儒服，汉王憎之，廼变其服，服短衣，楚制，汉王喜。"司马贞索隐："孔文祥云：'短衣便事，非儒者衣服。高祖楚人，故从其俗裁制。'"

②萦（yíng）挂：牵挂。

③拥髻向灯前：捧持发髻，话旧生哀。汉伶玄《赵飞燕外传》附《伶玄自叙》："通德占袖，顾眄烛影，以手拥髻，凄然泣下。"宋苏轼《九日舟中望见有美堂上鲁少卿饮处以诗戏之》之二："遥知通德凄凉甚，拥髻无言怨未归。"

又

野火拂云微绿[①]，西风夜哭[②]。苍茫
雁翅列秋空，忆写向屏山曲[③]。

山海几经翻覆[④]，女墙斜矗[⑤]。看来
费尽祖龙心[⑥]，毕竟为谁家筑？

【笺注】

①野火：指磷火，俗称"鬼火"。人或动物尸体腐烂分解
出磷化氢，能自燃。夜间野地里有时出现白色带蓝绿色的火
焰，就是磷火。《列子·天瑞》："羊肝化为地皋，马血之为转
邻也，人血之为野火也。"拂云：触到云。野火火焰自带蓝绿
色，空中云层在其映照下会发出些许青绿色。

②西风夜哭：清吴伟业《送友人出塞》："鱼海萧条万里
霜，西风一哭断人肠。"形容寒风肆虐、凄切。

③屏山：屏风。曲：局部，部分。屏山曲，雁翅列秋空的
景象，好像屏风所绘的一部分。

④翻覆：反转，倾覆。这里指江山几经兴亡。

⑤女墙：城墙上呈凹凸形的小墙。当敌人侵犯攻城时，用
来掩护守城士兵。这里指长城。《释名·释宫室》："城上垣，

曰睥睨……亦曰女墙，言其卑小，比之于城。”

⑥祖龙：指秦始皇。《史记·秦始皇本记》：“（三十六年）秋，使者从关东夜过华阴平舒道，有人持璧遮使者曰：‘为吾遗滈池君。’因言曰：‘今年祖龙死。’”裴骃集解引苏林曰：“祖，始也；龙，人君象。谓始皇也。”当年秦始皇为了防御北方游牧民族的侵扰，修长城，故曰“费尽祖龙心”。

赤枣子

惊晓漏①，护春眠②。格外娇慵只自怜③。寄语酿花风日好④，绿窗来与上琴弦⑤。

【笺注】

①晓漏：拂晓时铜壶滴漏之声。宋李清照《菩萨蛮》："角声催晓漏。"

②春眠：春睡。

③娇慵：柔弱倦怠貌。

④寄语：传话，转告。酿花：催花吐放。宋吴潜《江城子·示表侄刘国华》："正春妍，酿花天。"

⑤上琴弦：清周在浚《翻香令·指环》："绿窗深夜上琴弦，春葱露出玉纤纤。"

又

风浙浙①，雨纤纤②。难怪春愁细细添。记不分明疑是梦，梦来还隔一重帘。

【笺注】

①浙浙：象声词，这里指风声。僧贯休《君子有所思行》："陌苍萧萧风浙浙，缅想斯人胜珪璧。"

②纤纤：细长，柔细貌。宋苏轼《江神子》："黄昏犹是雨纤纤。"

*此词补遗自《纳兰词》，许增编，清光绪六年娱园刻本。

眼儿媚

林下闺房世罕俦①，偕隐足风流②。今来忍见③，鹤孤华表④，人远罗浮⑤。

中年定不禁哀乐⑥，其奈忆曾游。浣花微雨⑦，采菱斜日，欲去还留⑧。

【笺注】

①林下闺房：用"林下风气、闺房之秀"之典。南朝宋刘义庆《世说新语·贤媛》："谢遏绝重其姊，张玄常称其妹，欲以敌之。有济尼者，并游张、谢二家。人问其优劣。答曰：'王夫人神情散朗，故有林下风气。顾家妇清心玉映，自是闺房之秀。'"林下风气，称颂妇女闲雅飘逸的风采；闺房之秀，称颂女子是冰清玉洁，恪守妇德的大家闺秀。俦（chóu）：匹敌。

②偕隐：夫妇一起隐居。用"东汉鲍宣桓少君夫妇同归乡里"之典。《后汉书·鲍宣妻传》："妻乃悉归侍御服饰，更著短布裳，与宣共挽鹿车归乡里。"

③忍见：岂忍见，怎忍见，古汉语之反训。

④鹤孤：谓孤寂。鹤性孤高，故称。华表：古代设在桥

梁、宫殿、城垣或陵墓等前兼作装饰用的巨大柱子。一般为石造，柱身往往雕有纹饰。这里用"鹤归华表"典。晋陶潜《搜神后记》："丁令威，本辽东人，学道于灵虚山。后化鹤归辽，集城门华表柱。时有少年，举弓欲射之。鹤乃飞，徘徊空中而言曰：'有鸟有鸟丁令威，去家千年今始归。城郭如故人民非，何不学仙冢累累。'遂高上冲天。今辽东诸丁云其先世有升仙者，但不知名字耳。"喻久别重归而叹世事变迁。

⑤罗浮：山名，在广东省东江北岸，此处用"罗浮梦"之典。唐柳宗元《龙城录》载："隋开皇中赵师雄迁罗浮，一日天寒日暮，在醉醒间，因憩仆车于松林间酒肆傍舍，见一女子淡妆素服出迓师雄，时至昏黑，残雪对月色微明，师雄喜之与之语，但觉芳香袭人，语言极清丽，因与之扣酒家门，得数杯相与饮，少顷有一绿衣童来，笑歌戏舞亦自可观，顷醉寝，师雄亦懵然，但觉风寒相袭。久之，时东方已白，师雄起视乃在大梅花树下，上有翠羽啾嘈相顾，月落参横，但惆怅而尔。"后多为咏梅典实。

⑥中年定不禁哀乐：《世说新语·言语》载，太傅谢安对右将军王羲之说："中年伤于哀乐，每与亲友分别，总会难过许多天。"哀乐，悲哀与快乐，偏重哀义。

⑦浣花：指浣花日。成都旧时习俗，每年四月十九日，宴游于浣花溪畔，称"浣花日"。宋陆游《老学庵笔记》卷八："四月十九日，成都谓之浣花，遨头宴于杜子美草堂沧浪亭。倾城皆出，锦绣夹道。自开岁宴游，至是而止，故最盛于他时。予客蜀数年，屡赴此集，未尝不晴。蜀人云：'虽戴白之老，未尝见浣花日雨也。'"

⑧欲去还留：宋苏轼《菩萨蛮·西湖送述古》："秋风湖上萧萧雨，使君欲去还留住。"

又　咏红姑娘^①

骚屑西风弄晚寒^②，翠袖倚阑干^③。霞绡裹处^④，樱唇微绽，靺鞨红殷^⑤。

故宫事往凭谁问，无恙是朱颜。玉墀争采^⑥，玉钗争插，至正年间^⑦。

【笺注】

①红姑娘：又名花姑姑，草本植物，酸浆的别名。其果色绛红，酸甜可食。明杨慎《丹铅总录·花木·红姑娘》引明徐一夔《元故宫记》：“金殿前有野果，名红姑娘，外垂绛囊，中空有子，如丹珠，味酸甜可食，盈盈绕砌，与翠草同芳，亦自可爱。”

②骚屑：风声。汉刘向《九叹·思古》：“风骚屑以摇木兮，云吸吸以湫戾。”王逸注：“风声貌。”

③翠袖：青绿色衣袖，这里比喻红姑娘的枝叶。

④霞绡：美艳轻柔的丝织物。宋陈亮《小重山》：“碧幕霞绡一缕红。”这里比喻红姑娘的花萼。

⑤靺鞨：红玛瑙之类的宝石。《旧唐书·肃宗纪》：“楚州刺史崔侁献定国宝玉十三枚……七曰红靺鞨，大如巨栗，赤如

樱桃。"

⑥玉墀（chí）：台阶的美称。

⑦至正：元顺帝时第三个年号，自 1341 年到 1370 年。词人推想故宫中宫女们采戴红姑娘的情景。

又　中元夜有感①

手写香台金字经②，惟愿结来生。莲花漏转③，杨枝露滴④，想鉴微诚。

欲知奉倩神伤极⑤，凭诉与秋擎⑥。西风不管，一池萍水⑦，几点荷灯⑧。

【笺注】

①中元：指农历七月十五日。旧时道观于此日作斋醮，僧寺作盂兰盆会，民俗亦有祭祀亡故亲人等活动。唐韩鄂《岁华纪丽·中元》："道门宝盖，献在中元。释氏兰盆，盛于此日。"

②香台：烧香之台，即佛殿。金字经：指佛教经文。以金粉书就之文字，铭刻于碑石、器物上。

③莲花：佛门钟情于莲花，十方诸佛，同生于淤泥之浊，三身证觉，俱坐于莲台之上。又喻指佛门妙法。莲花漏转，这里一语双关，指时光流转。明李贽《观音问》："若无国土，则阿弥陀佛为假石，莲华为假相，接引为假说。"

④杨枝：梵语，译曰齿木。取杨柳等之小枝，将枝头咬成细条，用以刷牙，故又称杨枝。晋法显《佛国记》："出沙祇城南门，道东，佛本在此嚼杨枝。"杨枝水，佛教喻称能使万

物复苏的甘露。

⑤奉倩：《三国志·魏志·荀恽传》裴松之注引晋孙盛《晋阳秋》载，三国魏荀粲，字奉倩，因妻病逝，痛悼不能已，每不哭而伤神，岁余亦死，年仅二十九岁。后成为悼亡的典实。

⑥秋檠：秋灯。檠，同"槼"，灯柱，灯台。宋吴文英《拜星月慢》："又怕硬、绿减西风，泣秋槼烛外。"

⑦一池萍水：宋苏轼《水龙吟·次韵章质夫杨花词》："晓来雨过，遗踪何在？一池萍碎。"萍水，萍草随水漂泊。因聚散无定，故喻人之偶然相遇。

⑧荷灯：荷花形的河灯。中元节的夜晚，放荷灯浮于水面，用以祭祀亡灵，表达对逝去亲人的悼念。纳兰《西苑咏和荪友韵》："新凉却爱中元节，万点荷灯散玉河。"

又　咏梅

莫把琼花比淡妆[①]，谁似白霓裳[②]？

别样清幽，自然标格，莫近东墙[③]。

冰肌玉骨天分付[④]，兼付与凄凉[⑤]。

可怜遥夜，冷烟和月，疏影横窗[⑥]。

【笺注】

①淡妆：代指梅花。宋欧阳修《渔家傲》："仙格淡妆天与丽，谁可比。"

②霓裳：神仙的衣裳，以云为裳。《楚辞·九歌·东君》："青云衣兮白霓裳，举长矢兮射天狼。"这里比喻梅花的色泽姿态。

③东墙：用"宋玉东墙"之典。战国楚宋玉《登徒子好色赋》序："天下之佳人，莫若楚国；楚国之丽者，莫若臣里；臣里之美者，莫若臣东家之子……然此女登墙窥臣三年，至今未许也。"后常以"东家子"指美貌的女子，这里比喻美丽的梅花。

④冰肌玉骨天分付：《庄子·逍遥游》："藐姑射之山，有神人居焉，肌肤若冰雪，淖约若处子。"冰肌，形容女子纯净

洁白的肌肤。这里比喻梅花娇柔美丽的体态。玉骨，梅花枝干的美称。宋毛滂《玉楼春·红梅》：“当日岭头相见处，玉骨冰肌元淡伫。”宋南山居士《永遇乐·客答梅》：“玉骨冰肌，野墙山径，烟雨萧索。”分付，交给。

　　⑤付于凄凉：宋柳永《彩云归》：“朝欢暮宴，被多情、赋与凄凉。”

　　⑥疏影：稀疏的梅枝之影。宋林逋《山园小梅》：“疏影横斜水清浅，暗香浮动月黄昏。”又宋曹冠《汉宫春·梅》：“爱浮香胧月，疏影横窗。”

又

独倚春寒掩夕扉，清露泣铢衣[①]。玉箫吹梦，金钗划影[②]，悔不同携。

刻残红烛曾相待[③]，旧事总依稀[④]。料应遗恨，月中教去，花底催归。

【笺注】

①铢衣：传说神仙穿的衣服，重量只有数铢甚至半铢。这里指极轻的衣衫。铢，古代重量单位，二十四铢等于旧制一两。唐韩偓《浣溪沙》："宿醉离愁慢髻鬟，六铢衣薄惹轻寒。"宋苏轼《水龙吟》："青鸾歌舞，铢衣摇曳。"

②金钗：妇女插于发髻的金制首饰，由两股合成。这里借指妇女。

③刻残红烛：古人刻度数于烛，烧以计时。

④花底催归：清朱彝尊《摸鱼子》："双栖燕，岁岁花时飞度，阿谁花底催去。"

又

重见星娥碧海槎①，忍笑却盘鸦②。

寻常多少，月明风细，今夜偏佳。

休笼彩笔闲书字③，街鼓已三挝④。

烟丝欲袅⑤，露光微泫⑥，春在桃花⑦。

【笺注】

①星娥：神话传说中的织女。唐李商隐《圣女祠》："星娥一去后，月姊更来无？"朱鹤龄注："星娥谓织女。"碧海：指青天。天色蓝若海，故称。槎：木筏。晋张华《博物志》："旧说云天河与海通。近世有人居海渚者，年年八月有浮槎去来，不失期。"

②却：犹再。盘鸦：指妇女盘卷黑发而成的头髻。唐李贺《美人梳头歌》："纤手却盘老鸦色，翠滑宝钗簪不得。"宋石孝友《柳梢青》："云髻盘鸦，眉山远翠，脸晕微霞。"

③休笼彩笔闲书字：笼，犹握。彩笔，用江淹梦五色笔之典，喻指辞藻富丽之文笔。唐赵光远《咏手》："慢笼彩笔闲书字，斜指瑶阶笑打钱。"

④街鼓：设置在京城街道的警夜鼓。宵禁开始和终止时击

鼓通报。始于唐，宋以后泛指更鼓。唐刘肃《大唐新语·厘革》："旧制，京城内金吾晓暝传呼，以戒行者。马周献封章，始置街鼓，俗号鼕（dōng）鼕，公私便焉。"挝（zhuā）：击，敲打。

⑤烟丝：指细长的杨柳枝条。袅：微风吹拂貌。

⑥露光：露水珠反射出来的光耀。南朝梁元帝《和刘尚书侍五明集诗》："露光枝宿，霞影水中轻。"这里借指露水珠。泫：露水下滴。南朝宋谢灵运《从斤竹涧越岭溪行》："岩下云方合，花上露犹泫。"

⑦春在桃花：宋周邦彦《少年游》第二："而今丽日明金屋，春色在桃枝。"清曹学佺《华林寺看梅有桃花甚开》："只惜梅花飞欲尽，不知春色在桃溪。"

荷叶杯

簾卷落花如雪，烟月[①]。谁在小红亭？玉钗敲竹乍闻声[②]，风影略分明[③]。

化作彩云飞去[④]，何处？不隔枕函边[⑤]。一声将息晓寒天[⑥]，肠断又今年。

【笺注】

①烟月：云雾笼罩的月亮，即朦胧的月色。唐韦庄《应天长》："暗相思，无处说。惆怅夜来烟月。"

②玉钗敲竹：唐高适《听张立本吟诗》："自把玉钗敲砌竹，清歌一曲月如霜。"玉钗，玉制的钗。

③风影：随风晃动的物影。这里指人影。

④化作彩云飞：唐李白《宫中行乐词八首》其一："只愁歌舞散，化作彩云飞。"这里形容人影的婀娜多姿。

⑤枕函：中间可以藏物的枕头。

⑥将息：劝慰珍重，保重。宋谢逸《柳梢青·离别》："香肩轻拍。尊前忍听，一声将息。昨夜浓欢，今朝别酒，明日行客。"

又

知己一人谁是，已矣①。赢得误他生②。有情终古似无情③，别语悔分明④。

莫道芳时易度⑤，朝暮。珍重好花天。为伊指点再来缘⑥，疏雨洗遗钿⑦。

【笺注】

①已矣：叹词。罢了，算了。

②赢得：落得，剩得。他生：来生，下一世。

③似无情：宋柳永《清平乐》："多情争似无情。"宋欧阳修《玉楼春》："多情翻却似无情。"宋司马光《西江月》："相见争如不见，有情何似无情。"

④别语：离别时说的言语。宋周邦彦《蝶恋花·秋思》："去意徘徊，别语愁难听。"

⑤芳时：花开时节，指良辰。宋欧阳修《减字木兰花》："爱惜芳时，莫待无花空折枝。"

⑥再来缘：来生的缘分。用唐代韦皋和玉箫之典（见《采桑子·土花曾染湘娥黛》"玉箫"笺注）。

⑦遗钿：《杨妃外传》：天宝四载，贵妃进见之日，赐浴汤

泉。定情之夕，授金钗钿，合以固之。安禄山之乱，贵妃缢。上皇心念妃，命方士杨通微致其神，至蓬壶玉妃太真院，妃出问帝安否？取金钗钿合析其半，曰："寻旧好也。"方士请当时一事不闻于人者，以为验。妃曰："骊山宫七夕夜半，独侍上，凭肩而立。感牛、女事，誓愿世世为夫妇，此特君王知之耳。"又上元观灯或好花时节，仕女出游，遗钿堕珥时常发生，有人专门搜寻之。宋吴文英《朝中措》："踏青人散，遗钿满路，雨打秋千。"此处可谓一语双关。

梅梢雪　元夜月蚀[①]

星球映彻[②]，一痕微褪梅梢雪。紫姑待话经年别[③]，窃药心灰[④]，慵把菱花揭[⑤]。

踏歌才起清钲歇[⑥]，扇纨仍似秋期洁[⑦]。天公毕竟风流绝，教看蛾眉[⑧]，特放些时缺[⑨]。

【笺注】

①元夜：元宵。

②星球：绣球灯。清陈维崧《春从天上来·壬子元夕》："回思春桥夜市，对盏盏星球、扇扇银屏。"映彻：照临，晶莹剔透貌。

③紫姑：神话中厕神名，又称子姑、坑三姑。南朝宋刘敬叔《异苑》卷五载，紫姑本为人家妾，为大妇所嫉，每以秽事相役。正月十五日激愤而死。故世人以其日作其形，夜于厕间或猪栏边迎之。一说，姓何名楣，字丽卿，为唐寿阳刺史李景之妾。宋苏轼《子姑神记》载，何楣为大妇曹氏所嫉，正月十五日夜，被杀于厕中，上帝怜悯，命为厕神。旧俗每于元

宵在厕中祀之，并迎以扶乩。正月十五日，本为农家祭祀蚕神之日。后随着紫姑神传说的流传，人们把祭祀蚕神和紫姑联系在一起，通过拜迎紫姑，占卜新年蚕年如何。南朝梁宗懔《荆楚岁时记》："正月十五日，其夕迎紫姑以卜将来蚕桑。"宋欧阳修《蓦山溪》："应卜紫姑神，问归期、相思望断。"

④窃药：《淮南子·览冥训》载，后羿得不死之药于西王母，其妻姮娥盗食之，成仙奔月。后以"窃药"喻求仙。这里指死亡的婉词。

⑤菱花：指古代菱花铜镜，多为六角形或背面刻有菱花。唐韩偓《闺怨》："时光潜去暗凄凉，懒对菱花晕晓妆。"揭：持，拿。

⑥踏歌：拉手而歌，以脚踏地为节拍。《资治通鉴·唐则天后圣历元年》："尚书位任非轻，乃为虏蹋歌。"胡三省注："蹋歌者，连手而歌，蹋地以为节。"钲（zhēng）：古代乐器。形圆如铜锣，悬而击之。《清史稿·乐志人》："钲，范铜为之，形如槃。面平，口径八寸六分四厘，深一寸二分九厘八毫，边阔八分六厘四毫。穿六孔，两两相比，周以框，亦穿孔，以黄绒纠聊属之。左右铜钚二，系黄绒纠，悬于项而击之。"古时人们以为月蚀为天狗食月，每到农历十五便会敲铜锣打鼓，来驱赶天狗。

⑦扇：团扇。纨：素绢。扇纨，比喻皎洁的月光。汉班婕好《怨歌行》："新裂齐纨素，皎洁如霜雪。裁成合欢扇，团团似明月。"秋期：指七夕，牛郎织女约会之期。

⑧蛾眉：蚕蛾触须细长而弯曲，因以比喻女子美丽的眉毛。这里代指蛾眉月。

⑨些时：片刻，一会儿。

木兰花令　拟古决绝词①

人生若只如初见，何事秋风悲画扇②？
等闲变却故人心③，却道故心人易变。
骊山语罢清宵半，泪雨零铃终不怨④。
何如薄幸锦衣郎⑤，比翼连枝当日愿。

【笺注】

①拟古：诗文仿效古人的风格形式。如汉扬雄拟《易》作《太玄》，拟《论语》作《法言》，以及《文选》中的"杂拟"等。后成为诗体之一。作者仿效的是唐元稹的《决绝词》。决绝：永别。决，通"诀"。

②秋风悲画扇：用汉朝班婕妤之典。班婕妤曾是汉成帝妃，遭赵飞燕妒忌，被打入冷宫。凄凉境遇之下，以团扇自喻，写了《怨歌行》："新裂齐纨素，皎洁如霜雪。裁作合欢扇，团圆似明月。出入君怀袖，动摇微风发。常恐秋节至，凉飙夺炎热。弃捐箧笥中，恩情中道绝。"

③等闲：轻易，随便。故人心：《古诗十九首·客从远方来》："相去万余里，故人心尚尔。"南朝齐谢朓《同王主簿怨情》："故人心尚永，故心人不见。"

④骊山语罢清宵半，泪雨零铃终不怨：用唐玄宗与杨贵妃之典。《太真外传》载："天宝十载，侍辇避暑骊山宫。秋七月，牵牛织女相见之夕。上凭肩而望，因仰天感牛女事，密相誓心：愿世世为夫妇。言毕，执手各呜咽，此独君王知之耳。"唐白居易《长恨歌》"在天愿作比翼鸟，在地愿作连理枝"对此做了生动的描写。后安史之乱爆发，玄宗入蜀，于马嵬坡赐死杨贵妃。杨死前云："妾诚负国恩，死无恨矣。"后唐玄宗于途中闻雨声、铃声，悲伤至极，有感而发作《雨霖铃》寄托哀思之情。

⑤薄幸锦衣郎：锦衣，精美华丽的衣服，为显贵者所穿。锦衣郎，薄幸：薄情，负心。清洪昇《长生殿·怂合》："从来薄幸男儿辈，多负了佳人意。"这里指唐玄宗。

长相思^①

山一程，水一程，身向榆关那畔行^②，
夜深千帐灯^③。

风一更，雪一更，聒碎乡心梦不成^④，
故园无此声。

【笺注】

①长相思：康熙二十一年（1682）二月十五日，词人随从康熙诣永陵、福陵、昭陵告祭，二十三日出山海关，此词当作于此行之中。清高士奇《东巡目录》："二月丁未（二十九日），东风作寒，急雨催暮，夜更变雪。驻跸广宁县羊肠河东。"

②榆关：古称渝关、临榆关、临渝关，明改为今名，在今河北省秦皇岛市。那畔：犹那边，即山海关外。

③夜深千帐灯：千帐，极写营帐之多。此句被王国维《人间词话》评为是与"明月照积雪""大江流日夜""中天悬明月""黄河落日圆"之类"差近之"的"千古壮观"。

④聒（guō）：声嘈杂而让人觉得烦扰。这里指风雪声。宋柳永《爪茉莉·秋夜》："残蝉噪晚，甚聒得、人心欲醉。"

朝中措

蜀弦秦柱不关情①，尽日掩云屏②。
已惜轻翎退粉③，更嫌弱絮为萍④。
　　东风多事，馀寒吹散，烘暖微醒⑤。
看尽一帘红雨⑥，为谁亲系花铃⑦？

【笺注】

①蜀弦：即蜀琴。汉蜀郡司马相如所用的琴。相传相如工琴，故名。亦泛指蜀中所制的琴。宋晏殊《更漏子》："蜀弦高，羌管服。"秦柱：犹秦弦。指秦国筝瑟之类的弦乐器。柱，瑟、筝等拨弦乐器架弦的码子。关情：动心，牵动情怀。

②云屏：有云形彩绘或用云母作装饰的屏风。唐韦庄《天仙子》："梦觉云屏依旧空。"

③轻翎退粉：蝴蝶翅上的粉屑在交尾后粉会退去。宋罗大经《鹤林玉露》卷十四："杨东山言，道藏经云，蝶交则粉退，蜂交则黄退。"

④弱絮：轻柔的柳絮。宋周紫芝《西江月》："池面风翻弱絮，树头雨退嫣红。"古人以，柳絮飘落水面，形成浮萍。宋苏轼《水龙吟·次韵章质夫杨花词》："晓雨来过，遗踪何

在？一池萍碎。"

⑤酲（chéng）：病酒，酒醉后神志不清。《诗·小雅·节南山》："忧心如酲，谁秉国成。"毛传："病酒曰酲。"

⑥红雨：比喻落花。唐李贺《将进酒》："况是青春日将暮，桃花乱落如红雨。"

⑦花铃：用以惊吓鸟雀的护花铃。五代王仁裕《开元天宝遗事·花上金铃》："至春时，放后园中纫红丝为绳，密缀金铃，系于花梢之上。每有鸟鹊集，则令园吏掣铃索以惊之，盖惜花之故也。"

寻芳草　萧寺记梦

客夜怎生过？梦相伴绮窗吟和。薄嗔伴笑道①，若不是恁凄凉，肯来么？

来去苦匆匆，准拟待晓钟敲破。乍惬人一闪灯花堕，却对著琉璃火②。

【笺注】

①薄嗔：假装恼怒。

②琉璃火：指玻璃灯，用玻璃制作的油灯，多用于寺庙中。清陈维岳《满江红·福庵感旧》："梵阁下，琉璃火。禅榻上，蒲团坐。"

遐方怨

　　敧角枕^①，掩红窗。梦到江南伊家，博山沉水香^②。浣裙归晚坐思量^③。轻烟笼浅黛^④，月茫茫。

【笺注】

　　①敧：通"倚"，斜倚，斜靠。角枕：角制的或用角装饰的枕头。

　　②博山：见《浣溪沙·脂粉塘空遍绿苔》笺注。沉水香：即沉香木。明李时珍《本草纲目·木一·沉香》："（沉香）木之心节置水则沉，故名沉水，亦曰水沉。"这里指这种香点燃时所生的烟或香气。博山沉香，象征男女爱情。《乐府诗集·杨叛儿》："暂出白门前，杨柳可藏乌。欢作沉水香，侬作博山炉。"后唐诗人李白借乐府诗创作《杨叛儿》，其中有"博山炉中沉香火，双烟一气凌紫霞"，比喻男女两情之好。

　　③浣裙：即澣裳。古代风俗，指农历正月元日至月晦，女子在水边洗衣，以避灾祸。隋杜台卿《玉烛宝典》卷一："（农历正月）元日至于月晦，民并为醹食、渡水，士女悉澣裳、酹

酒于水湄，以为度厄。”注：“今世唯晦日临河解除，妇女或湔裙也。”

④浅黛：远处的山色。

秋千索　渌水亭春望[1]

炉边唤酒双鬟亚[2]，春已到卖花帘下。
一道香尘碎绿苹[3]，看白袷亲调马[4]。

烟丝宛宛愁萦挂[5]，剩几笔晚晴图画[6]。半枕芙蕖压浪眠[7]，教费尽莺儿话[8]。

【笺注】

①渌水亭：在北京什刹后海北岸，是纳兰家中园亭，词人在此与朋友聚会，同时也是词人吟诗作赋、研读经史、著书立说的主要场所。此词当作于康熙二十四年（1685）。

②炉：旧时酒店里安放酒瓮的土台子，这里借指酒家。双鬟：古代年轻女子的两个环形发髻。这里指酒家婢女。亚：通"压"，指婢女从酒槽中把酒按压出来。唐李白《金陵酒肆留别》："风吹柳花满店香，吴姬压酒劝客尝。"

③香尘：芳香之尘。多指女子涉履而起者。晋王嘉《拾遗记·晋时事》："（石崇）又屑沉水之香如尘末，布象床上，使所爱者践之。"绿苹：又称水苹，浮萍。浮在水面，叶绿色，夏天开小白花。

④白袷（jiá）：白色夹衣。

⑤烟丝：指细长的杨柳枝条。宛宛：细弱貌。唐陆羽《小苑春望宫池柳色》："宛宛如丝柳，含黄一望新。"

⑥晚晴：傍晚晴朗的天色。

⑦芙蕖：荷花。

⑧教费尽莺儿话：宋王安石《清平乐》："留春不住，费尽莺儿语。"

又

药阑携手销魂侣①，争不记看承人
处②。除向东风诉此情，奈竟日春无语③。

悠扬扑尽风前絮，又百五韶光难住④。
满地梨花似去年⑤，却多了廉纤雨⑥。

【笺注】

①药阑携手销魂侣：宋赵长卿《长相思》："药阑东，药
阑西，记得当时素手携。"药阑，芍药之栏。

②争：犹怎。看承：护持，照顾。宋柳永《击梧桐》：
"自识伊来，便好看承，会得妖娆心素。"宋吴淑姬《祝英台
近·春恨》："断肠曲曲屏山，温温沉水，都是旧，看承
人处。"

③竟日：终日，整天。

④百五：寒食日。在冬至后的一百零五天，故名。南朝梁
宗懔《荆楚岁时记》："去冬至节一百五日，即有疾风甚雨，
谓之寒食。禁火三日，造饧，大麦粥。"韶光：美好的时光，
常指春光。

⑤满地梨花：唐刘方平《春怨》："寂寞空庭春欲晚，梨

花满地不开门。”五代前蜀尹鹗《清平乐》：“雨打梨花满地。”

　　⑥廉纤：细小，细微。这里形容微雨。宋晏几道《生查子》：“无端轻薄云，暗作廉纤雨。”宋周邦彦《虞美人》：“廉纤小雨池塘遍。”

又

游丝断续东风弱①，浑无语半垂帘幌。

茜袖谁招曲槛边②，弄一缕秋千索③。

惜花人共残春薄，春欲尽纤腰如削④。

新月才堪照独愁，却又照梨花落⑤。

【笺注】

①游丝：指蜘蛛等吐的飘荡在空中的丝。

②茜袖：用茜草染就的红袖。茜，绛红色。这里借指美女。后唐孙光宪《菩萨蛮》："客帆风正急，茜袖偎樯立。"曲槛：曲折的栏杆。

③索：粗绳。这里指秋千的绳索。宋朱淑真《生查子》："无绪倦寻芳，闲却秋千索。"

④纤腰如削：南朝梁简文帝《七励》："发鬟如点，纤腰成削。"

⑤梨花落：宋朱淑真《生查子》："不忍卷帘看，寂寞梨花落。"

又

锦帷初卷蝉云绕[1]，却待要起来还早[2]。不成薄睡倚香篝[3]，一缕缕残烟袅。

绿阴满地红阑悄，更添与催归啼鸟[4]。可怜春去又经时[5]，只莫被人知了。

【笺注】

①锦帷：锦帐。蝉云：蝉鬓形的发式像乌云一样盘绕着。宋李莱老《点绛唇》："香衬蝉云湿。"

②却待：正要。

③不成：助词。用于句首，表示反诘。香篝：熏笼。一种覆盖于火炉上供熏香、烘物和取暖用的器物。

④催归：杜鹃。相传为古蜀王杜宇之魂所化。春末夏初，常昼夜啼鸣，其声哀切。南朝宋鲍照《拟行路难》诗之六："中有一鸟名杜鹃，言是古时蜀帝魂。其声哀苦鸣不息，羽毛憔悴似人髡。"

⑤经时：历久。

*此词补遗自《纳兰词》，许增编，清光绪六年娱园刻本。

茶瓶儿

杨花糁径樱桃落①。绿阴下晴波燕掠②。好景成担阁③。秋千背倚，风态宛如昨④。

可惜春来总萧索。人瘦损纸鸢风恶⑤。多少芳笺约⑥，青鸾去也⑦，谁与劝孤酌。

【笺注】

①糁（sǎn）：散落。唐杜甫《绝句漫兴》："糁径杨花铺白毡，点溪荷叶叠青钱。"宋潘汾《贺新郎》："芳草王孙知何处，惟有杨花糁径。"樱桃落：五代南唐李煜《临江》："樱桃落尽春归去，蝶翻金粉双飞。"

②晴波：阳光下的水波。清仲恒《南歌子·春闺》："燕掠晴波远，莺啼柳色新。"

③担阁：拖延，耽误。

④风态：犹风姿。清梁清标《蝶恋花》："风雨摧花，不许朱颜老。浅笑微矉风态查。"

⑤瘦损：消瘦。纸鸢（yuān）：俗称风筝。古代曾用于军事通讯，相传为汉韩信所做。五代李邺于宫中作纸鸢，引线乘

风为戏，于鸢首以竹为笛，使风入响声如筝鸣。后民间多用作春季室外娱乐之具。陆游《新秋感事》："风际纸鸢那解久，祭余刍狗会堪哀。"

⑥芳笺：带芳香的信笺。宋陆游《闺思》："芳笺寄与何处，绣闺珠栊。"

⑦青鸾：古代传说中凤凰一类的神鸟。赤为凤，青为鸾。唐李白《凤凰曲》："青鸾不独去，更有携手人。"谓女子。

好事近

帘外五更风①，消受晓寒时节②。刚剩秋衾一半③，拥透帘残月④。

争教清泪不成冰⑤，好处便轻别⑥。拟把伤离情绪，待晓寒重说。

【笺注】

①帘外五更风：宋无名氏《浪淘沙》："帘外五更风，吹梦无踪。"

②消受：禁受，忍受。

③刚剩秋衾一半：被子多出一半，意喻孤枕难眠。宋石孝友《醉落魄》："夜深秋气生帘幕，半衾依旧空闲却。"宋洪瑹《行香子》："秋衾半冷，窗月窥人。"

④透帘残月：唐温庭筠《宿城南之友别墅》："还似昔年残梦里，透帘斜月独闻莺。"五代前蜀魏承班《满宫花》："寒夜长，更漏永。愁见透帘月影。"

⑤清泪、成冰：唐刘商《古意》："风吹昨夜泪，一片枕前冰。"宋苏轼《江神子》："风紧离亭，冰结泪珠圆。"

⑥好处便轻别：宋吴潜《满江红》："缘底事，春才好处，又成轻别。"好处，这里特指欢合情浓之时。

又

何路向家园？历历残山剩水①。都把一春冷淡，到麦秋天气②。

料应重发隔年花③，莫问花前事。纵使东风依旧，怕红颜不似。

【笺注】

①残山剩水：唐杜甫《陪郑广文游何将军山林》诗之五："剩水沧江破，残山碣石开。"残山，荒芜的山。剩水，凋残的水。

②麦秋：麦熟的季节，通指农历四、五月。《礼记·月令》："（孟夏之月）靡草死，麦秋至。"陈澔集说："秋者，百谷成熟之期。此于时虽夏，于麦则秋，故云麦秋。"

③隔年花：去年的花。宋马令《南唐书·昭惠周后传》："（后主）又尝与后移植梅花于瑶光殿之西，及花时而后已殂，因成诗见意……又云：失却烟花主，东风自不知。清香更何用，犹发去年枝。"

又

马首望青山，零落繁华如此①。再向断烟衰草②，认藓碑题字③。

休寻折戟话当年④，只洒悲秋泪。斜日十三陵下，过新丰猎骑⑤。

【笺注】

①零落：衰颓败落。

②断烟：孤烟。唐徐坚《饯许州宋司马》："断烟伤别望，零雨送离怀。"

③藓碑：长满苔藓的古碑。宋林景熙《禹庙》："年年送春事，来拂藓碑看。"

④折戟："折戟沉沙"的省称。断戟沉埋在沙里，形容失败惨重。唐杜牧《赤壁》："折戟沉沙铁未销，自将磨洗认前朝。"

⑤新丰：县名，治所在今陕西省临潼县西北，本秦骊邑。汉高祖定都关中，其父太上皇居长安宫中，思乡心切，郁郁不乐。高祖乃依故乡丰邑街里房舍格局改筑骊邑，并迁来丰民，改称新丰。据说士女老幼各知其室，从迁的犬羊鸡鸭亦竞识其

家。太上皇居新丰，日与故人饮酒高会，心情愉快。后用作新兴贵族游宴作乐及富贵后与故人聚饮叙旧之典。唐王维《观猎》："忽过新丰市，还归细柳营。"猎骑：骑马行猎。

太常引　自题小照

西风乍起峭寒生[①]，惊雁避移营[②]。千里暮云平[③]，休回首长亭短亭[④]。

无穷山色，无边往事，一例冷清清[⑤]。试倩玉箫声，唤千古英雄梦醒。

【笺注】

①峭寒：犹料峭寒意，形容微寒。宋杨无咎《传言玉女》："料峭寒生，知是那番花信。"

②惊雁：惊鸿。

③千里暮云平：唐王维《观猎》："回看射雕处，千里暮云平。"

④长亭短亭：旧时城外大道旁，五里设短亭，十里设长亭，为行人休憩或送别之所。北周庾信《哀江南赋》："十里五里，长亭短亭。"

⑤一例：一律，同等。

又

晚来风起撼花铃[1]，人在碧山亭。愁里不堪听，那更杂泉声雨声。

无凭踪迹，无聊心绪，谁说与多情。梦也不分明[2]，又何必催教梦醒。

【笺注】

①撼：动，摇动。花铃：见《朝中措·蜀弦秦柱不关情》笺注。

②梦也不分明：宋周邦彦《木兰花传》："恶嫌春梦不分明，忘了与伊相见处。"

转 应 曲

明月，明月，曾照个人离别①。玉壶红泪相偎②。还似当年夜来③。来夜，来夜，肯把清辉重借④？

【笺注】

①明月，明月，曾照个人离别：南唐冯延巳《三台令》："明月，明月，照得离人愁绝。"

②玉壶红泪：指妇人悲伤落泪。晋王嘉《拾遗记·魏》："时文帝选良家子女，以入六宫。习以千金宝赂聘之。既得，便以献文帝。灵芸闻别父母，歔欷累日，泪下沾衣。至升车就路之时，以玉唾壶盛泪壶中，即如红色。既发常山，及至京师，壶中泪凝如血。"

③夜来：三国魏文帝宫中美人薛灵芸的别名。晋王嘉《拾遗记·魏》："文帝所爱美人，姓薛名灵芸，常山人也……灵芸未至京师十里，帝乘雕玉之辇，以望车徒之盛，嗟曰：'昔者言：朝为行云，暮为行雨。今非云非雨，非朝非暮。'改灵芸之名曰'夜来'。"

④肯把清辉重借：晋王嘉《拾遗记》载："夜来妙于针工，虽处于深帷之内，不用灯烛之光，裁制立成。非夜来缝制，帝则不服。宫中号为'针神'也。"清辉：清光。这里指灯烛的光辉。

山花子

林下荒苔道韫家①，生怜玉骨委尘沙②。愁向风前无处说，数归鸦③。

半世浮萍随逝水④，一宵冷雨葬名花。魂似柳绵吹欲碎，绕天涯⑤。

【笺注】

①道韫：谢道韫，典出《世说新语·贤媛》。参见《眼儿媚·林下闺房世罕俦》"林下"笺注。

②生怜：可怜。委尘沙：冰肌玉骨般的美女死后，终为泥土尘沙掩没。南朝宋鲍照《芜城赋》："东都妙姬，南国丽人，蕙心纨质，玉貌绛唇，莫不埋魂幽石，委骨穷尘。"

③数归鸦：宋辛弃疾《虞美人》："佳人何处，数尽归鸦。"

④浮萍：本意为浮生在水面上的草本植物。这里比喻飘泊无定的身世或变化无常的人世间。晋傅玄《明月篇》："浮萍本无根，非水将何依。"

⑤一宵冷雨葬名花：宋周邦彦《六丑·落花》："为问花何在，夜来风雨，葬楚宫倾国。"

⑥柳绵吹欲碎，绕天涯：柳绵，柳絮。五代顾夐《虞美人》："教人魂梦逐杨花，绕天涯。"

又

昨夜浓香分外宜①，天将妍暖护双
栖②。桦烛影微红玉软③，燕钗垂④。

几为愁多翻自笑，那逢欢极却含啼。
央及莲花清漏滴⑤，莫相催。

【笺注】

①昨夜浓香：清徐轨《减字木兰花》："昨夜浓香似梦中。"
宜：合适。宋辛弃疾《一剪梅》："酒入香腮分外宜。"

②妍暖：晴朗暖和。宋黄庭坚《戏和舍弟船场探春》："莫
听游人待妍暖，十分倾酒对春寒。"双栖：飞禽雌雄共同栖止，
比喻夫妻共处。南唐冯延巳《应天长》："双栖人莫妒。"

③桦烛：用桦木皮卷成的烛。红玉：红色宝玉，比喻美人
肌色。《西京杂记》卷一："赵后体轻腰弱，善行步进退，女
弟昭仪，不能及也。但昭仪弱骨丰肌，尤工笑语。二人并色如
红玉。"

④燕钗：旧时妇女别在发髻上的燕形钗。玉燕钗，郭宪
《洞冥记》卷二："神女留玉钗以赠帝，帝以赐赵婕好。至昭
帝元凤中，官人犹见此钗。黄谦欲之。明日示之，既发匣，有

白燕飞升天。后宫人学作此钗，因名玉燕钗，言吉祥也。"

　　⑤央及：请求，恳求。莲花漏：古代的一种计时器。唐李肇《唐国史补》卷中："初，惠远以山中不知更漏，乃取铜叶制器，状如莲花，置盆水之上，底孔漏水，半之则沉。每昼夜十二次，为行道之节，虽冬夏短长、云阴月黑，亦无差也。"唐李贺《湖中曲》："燕钗玉股照青渠，越王娇郎小字书。"

又

风絮飘残已化萍^①，泥莲刚倩藕丝
萦^②。珍重别拈香一瓣^③，记前生^④。

人到情多情转薄，而今真个悔多情^⑤。
又到断肠回首处，泪偷零。

【笺注】

①风絮：随风飘悠的絮花，多指柳絮。飘残：指飘零凋残
的花叶。

②泥莲：指荷塘中的莲花。倩（qìng）：倚近，挨近。

③拈香：撮香焚烧以敬神佛。一瓣：犹一粒、一片、
一炷。

④记前生：《晋书·王坦之传》载，王坦之于竺法师交情
甚厚，常一起谈论因果报应，约定两人先死的那个要向后死的
那个报知自己死后的事。过了一年，竺法师突然来说："我已
经死了，知道因果报应分毫不爽。应该勤修道德以升天成为神
明。"说完人就不见了。不久，王坦之也去世了。这里或为词
人与已经去世的妻子卢氏相约来世。

⑤悔多情：五代前蜀顾夐《虞美人》："旧欢时有梦魂惊，
悔多情。"

摊破浣溪沙①

欲话心情梦已阑②，镜中依约见春山③。方悔从前真草草④，等闲看。

环佩只应归月下⑤，钿钗何意寄人间。多少滴残红蜡泪⑥，几时干？

【笺注】

①摊破浣溪沙：词牌名，又名"山花子"。①梦已阑：梦醒。宋辛弃疾《南乡子·舟中记梦》："欲说换休梦已阑。"

②春山：春日山色黛青。这里喻指妇人姣好的眉毛。五代前蜀牛峤《酒泉子》："钿车纤手卷帘望，眉学春山样。"

③方悔从前真草草：清彭孙遹《卜算子》："草草百年身，悔杀从前错。"草草，匆忙仓促的样子。

④环佩：女子所佩的玉饰。这里指女子。唐杜甫《咏怀古迹》："画图省识春风面，环佩空归月夜魂。"

⑤蜡泪：即烛泪。指蜡烛燃烧时淌下的液态蜡。唐李商隐《无题》："春蚕到死丝方尽，蜡炬成灰泪始干。"宋贺铸《感皇恩》："恼人红蜡烛，啼相对。"

又

小立红桥柳半垂，越罗裙飐缕金衣[①]。采得石榴双叶子[②]，欲贻谁？

便是有情当落日[③]，只应无伴送斜晖[④]。寄语东风休著力，不禁吹[⑤]。

【笺注】

①越罗：越地所产的丝织品，以轻柔精致著称。唐温庭筠《归国谣》："越罗春水渌。"缕金衣：即缀有金线的衣服。五代前蜀李珣《浣溪沙》："缕金衣透雪肌香。"

②石榴双叶子：双叶，成双成对的叶子，诗中象征情侣相思。宋黄庭坚《江城子·忆别》："寻得石榴双叶子，凭寄与、插云鬓。"明王彦泓《无绪》："空寄石榴双叶子，隔帘消息正沉沉。"

③当落日：唐杜甫《喜达行在所三首》之一："眼穿当落日，心死著寒灰。"

④送斜晖：唐李商隐《落花》："参差连曲陌，迢递送斜晖。"

⑤不禁：经受不住。

又

一霎灯前醉不醒，恨如春梦畏分明①。
淡月淡云窗外雨，一声声。

人道情多情转薄，而今真个不多情。
又听鹧鸪啼遍了②，短长亭。

【笺注】

①春梦分明：唐张泌《寄人》："倚柱寻思倍惆怅，一场春梦不分明。"清陈维崧《前调·梦起》："春梦太分明，关人半日晴。"真个：真的，确实。

②鹧鸪：中国南方留鸟。形似雌雉，头如鹑，胸前有白圆点。背毛有紫赤浪纹，足黄褐色。古人谐其鸣声为"行不得也哥哥"，诗文中常用以表示思念故乡。《文选·左思〈吴都赋〉》："鹧鸪南翥而中留，孔雀綷羽以翱翔。"刘逵注："鹧鸪，如鸡，黑色，其鸣自呼。或言此鸟常南飞不止。豫章以南诸郡处处有之。"

*此词补遗自《昭代词选》卷九，蒋重光编，清乾隆三十二年经锄堂刻本。

菩萨蛮

窗前桃蕊娇如卷①，东风泪洗胭脂面②。人在小红楼③，离情唱石州④。

夜来双燕宿，灯背屏腰绿⑤。香尽雨阑珊⑥，薄衾寒不寒⑦。

【笺注】

①窗前桃蕊：唐温庭筠《春暮宴罢寄宋寿先辈》："窗间桃蕊宿妆在，雨后牡丹春睡浓。"桃蕊，桃花花苞。这里借指女子。如倦：明姚汝循《雨后行园》："柳似酣眠容，花如倦舞人。"

②东风：指春风。唐白居易《后宫词》："三千宫女胭脂面，几个春来无泪痕。"南唐冯延巳《归国谣》："泪珠滴破胭脂脸。"

③红楼：红色的楼。泛指华美的楼房。人在小红楼，宋施枢《摸鱼儿》："人在小红楼，朱帘半卷，香注玉壶露。"

④石州：乐府商调曲名。唐李商隐《代赠》诗之二："东南日出照高楼，楼上离人唱石州。"石州，原为胡部音乐，后从边地传入中国，起初作为唐代宫廷教坊大曲，后流传到民

间。石州传达离别之情，成为相思的代名词。

⑤绿：黑。这里指双燕背灯而宿，身影投射到屏风的中间位置，显得灰暗不清。

⑥两阑珊：两将尽。

⑦薄衾寒不寒：宋朱淑真《阿那曲》："薄衾无奈五更寒，杜鹃叫落西楼月。"

又

朔风吹散三更雪，倩魂犹恋桃花月[①]。
梦好莫催醒，由他好处行[②]。
无端听画角[③]，枕畔红冰薄[④]。塞马
一声嘶，残星拂大旗[⑤]。

【笺注】

①倩魂：少女的梦魂。桃花月：农历二月，这里喻指男女温存、两情相悦之时。

②好处：美好的时候，美好的处所。

③画角：从西羌传入的管乐器。形如竹筒，本细末大，以竹木或皮革等制成，因表面有彩绘，故称。发声哀厉高亢，古时军中多用以警昏晓，振士气，肃军容。

④红冰：喻泪水。形容感怀之深。五代王仁裕《开元天宝遗事·红冰》："杨贵妃初承恩召，与父母相别，泣涕登车，时天寒，泪结为红冰。"宋方千里《醉桃源》："去时情泪滴落红冰，西风吹涕零。"

⑤拂：掠过。

又^①

问君何事轻离别，一年能几团圆月？

杨柳乍如丝^②，故园春尽时。

春归归不得，两桨松花隔^③。旧事逐寒潮^④，啼鹃恨未消^⑤。

【笺注】

①这首作品在 1982 年中华书局影印本的《瑶华集》中有副标题"大兀剌"。《瑶华集》乃清代词人蒋景祁搜罗清初顺治、康熙间词作精华，"凡有去取，必三复详慎而后定。"所辑成行世。据记载，这首作品作于康熙二十一年（1682）春，纳兰扈从出巡之时。

②杨柳乍如丝：南朝梁沈约《杂咏五首》之"咏春"："杨柳乱如丝，绮罗不自持。"唐刘希夷《春女行》："愁心伴杨柳，春尽乱如丝。"

③两桨：古乐府《莫愁乐》："艇子打两桨，催送莫愁来。"南朝梁江淹《西洲曲》："西洲在何处，两桨桥头渡。"松花：谓松花江。

④旧事逐寒潮：康熙初东北流人张缙彦《宁古塔山水

记》：“有大乌喇者，每遇阴雨，多闻鬼器。则中夜狂沸铁马金戈之声，如万马奔腾，盖尝系灭国古战场也。”大乌喇虞村为叶赫部的旧地。明万历四十七年（1619），清太祖努尔哈赤打败海西女真叶赫部。叶赫部贝勒金台什即词人纳兰性德曾祖，被努尔哈赤缢死，叶赫部遂亡。词人作这首词时，距叶赫之亡仅六十多年，站在先祖旧地，回想历历往事，词人心生感慨。旧事，这里即指词人先祖之事。

⑤啼鹃：用蜀主杜宇失位之典。《成都记》：“望帝死，其魂化为鸟，名曰杜鹃。”《埤雅》：“杜鹃一名子规，夜啼达旦，血渍草木。”

又　为陈其年题照[1]

乌丝曲倩红儿谱[2]，萧然半壁惊秋雨[3]。曲罢髻鬟偏[4]，风姿真可怜[5]。

须髯浑似戟[6]，时作簪花剧[7]。背立讶卿卿[8]，知卿无那情[9]。

【笺注】

①陈其年：陈维崧，字其年，号迦陵，明末清初文学家，江苏宜兴人。清初曾浪游南北，文名远播。康熙十七年（1678）入京，与词人结识。词人所咏之图为《迦陵填词图》，广东著名诗僧大汕所绘。画中陈其年拈髯持笔而坐，旁边的蕉叶上坐一女郎，手按洞箫，膝横琵琶。画作上有题字："岁在戊午闰三月二十四日，为其翁维摩传神，释汕。"

②乌丝曲：陈维崧的词集初名《乌丝词》。红儿：唐代名妓杜红儿。《太平广记》卷二七三："罗虬词藻富赡，与宗人隐、邺齐名。咸通乾符中，时号'三罗'。广明庚子（880）乱后，去从郦州李孝恭。籍中有红儿者，善为音声，常为副戎属意。会副戎聘邻道，虬请红儿歌而赠之缯彩。孝恭以副车所盼，不令受之。虬怒，拂衣而起。诘旦，手刃红儿。既而思

"""

之，乃作绝句百编，号《比红儿诗》，大行于时。"清尤侗《浣溪纱》"题陈其年小题"词："乌丝阑写懊侬歌，红儿解唱定风波。"后用以泛称歌妓。

③萧然：空寂，萧条。惊秋雨：形容乐声之动人，感天动地下起秋雨。唐李贺《李凭箜篌引》："女娲炼石补天处，石破天惊逗秋雨。"

④髻鬟：古代妇女发式，将头发环曲束于顶。五代后蜀欧阳炯《浣溪沙》："独掩画屏愁不语，斜倚瑶枕髻鬟偏。"

⑤风姿：风度仪态。五代后蜀欧阳炯《女冠子》："恰似轻盈女，好风姿。"

⑥须髯浑似戟：《南史·褚彦回传》："公须髯如戟，何无丈夫意。"髯，胡须。戟，古代兵器。合戈、矛为一体，略似戈，兼有戈之横击、矛之直刺两种作用，杀伤力比戈、矛强。《清史稿·陈维崧传》："维崧清多髭须，海内称陈髯。"

⑦簪花：戴花。宋陈师道《木兰花减字》："白发簪花我自羞。"剧：游戏，嬉闹。簪花剧，戴花游戏。

⑧讶：惊诧，疑怪。卿卿：上"卿"字为动词，谓以卿称之；下"卿"字为代词，犹言你。两"卿"连用，作为相互亲昵之称。南朝宋刘义庆《世说新语·惑溺》："王安丰妇常卿安丰，安丰曰：'妇人卿婿，于礼为不敬，后勿复尔。'妇曰：'亲卿爱卿，是以卿卿；我不卿卿，谁当卿卿？'遂恒听之。"

⑨无那（nuò）：犹无限。宋欧阳修《一斛珠》："绣床斜凭情无那。"

又　宿滦河[①]

玉绳斜转疑清晓[②]，凄凄月白渔阳道[③]。星影漾寒沙[④]，微茫织浪花[⑤]。

金笳鸣故垒，唤起人难睡。无数紫鸳鸯[⑥]，共嫌今夜凉。

【笺注】

①滦河：古称濡水，在今河北省，北京至山海关必经之地。词人扈清圣祖谒遵化孝陵，经滦河，驻跸河岸两次，一为康熙十七年（1678）十月，一为康熙二十年（1681）十一月。此词所描写的内容，合乎当时的节令。

②玉绳：北斗第五星之北两星，这里代指北斗星。《文选·张衡〈西京赋〉》："上飞闼而仰眺，正睹瑶光与玉绳。"李善注引《春秋元命苞》曰："玉衡北两星为玉绳。"清晓：天刚亮时。秋夜半，玉绳自西北渐渐移转，慢慢沉降，时近晓。宋苏轼《洞仙歌·冰肌玉骨》："夜已三更，金波淡，玉绳低转。"

③月白：月色皎洁。渔阳：战国燕置渔阳郡，秦汉治所在渔阳（今北京市密云县西南）。唐玄宗天宝元年改蓟州为渔阳郡，治所在渔阳（今天津市蓟县）。

④星影：宋无名氏《降仙台》："星影疏动与天流，漏尽五更筹。"寒沙：寒冷季节的沙滩。清朱彝尊《满江红·塞上咏苇》："绝塞凄清，又谁把、秋声留住，斜阳外，塞沙摇漾，乱山无主。"漾：飘动、晃动。

⑤微茫：隐约模糊。这里指夜里斗转星移，夜色深沉。唐韦庄《江城子》："角声呜咽，星斗渐微茫。"宋周邦彦《庆春官》："倦途休驾，澹烟里、微茫见星。"

⑥紫鸳鸯：鸂（xī）鶒（chì），形大于鸳鸯的水鸟，多紫色，好并游。明清时七品文官官服补子上多绣此图案。这里指边塞官员。

又

荒鸡再咽天难晓^①，星榆落尽秋将
老^②。毡幕绕牛羊^③，敲冰饮酪浆^④。

山程兼水宿^⑤，漏点清钲续^⑥。正是
梦回时，拥衾无限思^⑦。

【笺注】

①荒鸡：指三更前啼叫的鸡。唐令狐楚《从军行》：“荒
鸡隔水啼，汗马逐风嘶。”

②星榆：繁星。《玉台新咏·古乐府·陇西行》：“天上何
所有，历历种白榆。”宋杨亿《禁中庭树》：“霜挂丹丘路，星
榆北斗城。”

③毡幕：毡制的帐蓬，古代北方游牧民族以为居室。

④酪浆：牛羊等的乳制品。汉李陵《答苏武书》：“羶肉
酪浆，以充饥渴。”唐刘商《胡笳十八拍》“第十七拍”马饥
跑雪衔草根，人渴敲冰饮流水。

⑤山程：行路于山中。水宿：在水边过夜。

⑥漏点：漏壶滴下的水点声。宋辛弃疾《蝶恋花·宋郑元
英》：“莫响城头听漏点。说与行人，默默情千万。总是离愁无

近远。”钲（zhēng）：击打型的军乐器。《诗经·小雅·踩芑》：
“钲人伐鼓，陈师鞠旅。”毛传：“钲以静之，鼓以动之”。

⑦拥衾：半卧以被裹护下体。

又

新寒中酒敲窗雨[1]，残香细袅秋情绪[2]。才道莫伤神，青衫湿一痕[3]。

无聊成独卧[4]，弹指韶光过[5]。记得别伊时，桃花柳万丝。

【笺注】

[1]新寒：天气开始转冷。宋陆游《闷极有作》："新寒压酒夜，微雨种花时。"中酒：饮酒半酣。《汉书·樊哙传》："项羽既飨军士，中酒，亚父谋欲杀沛公。"颜师古注："饮酒之中也。不醉不醒，故谓之中。"敲窗雨：明谢榛《东园秋怀二首》："敲窗作风雨，不减去年秋。"

[2]袅：缭绕，缠绕。秋情绪：悲秋之情。宋柳永《雪梅香》："动悲秋绪，当时宋玉同。"

[3]青衫：唐制，文官八品、九品服以青。唐白居易《琵琶行》："座中泣下谁最多？江州司马青衫湿。"后借指失意的官员。

[4]无聊：无可奈何。

[5]弹指：捻弹手指作声，佛家多喻时间短暂。《翻译名义集·时分》："《僧祇》云，二十念为一瞬，二十瞬名一弹指。"

又

白日惊飚冬已半①，解鞍正值昏鸦乱②。冰合大河流③，茫茫一片愁。

烧痕空极望④，鼓角高城上⑤。明日近长安⑥，客心愁未阑⑦。

【笺注】

①白日惊飚冬已半：康熙二十三年（1684）冬，词人扈从康熙帝南巡返程时即将抵达京城途中创作此篇作品。据徐乾学所作词人墓志铭："上之幸海子、沙河……及登东岳，幸阙里，省江南，未尝不从。"《清实录》康熙二十三年九月，"丁亥，以圣驾东巡，颁诏天下"。十一月，"康寅，上回官"。惊飚：突发的暴风，狂风。

②解鞍：解下马鞍，表示停驻。宋姜夔《扬州慢》："解鞍少驻初程。"

③冰合：冰封。北周王褒：《饮马长城窟》："雪深无复道，冰合不生波。"大河：黄河。

④烧痕：野火的痕迹。极望：满目，放眼远望。

⑤鼓角：战鼓和号角，军队用以报时、警众或发出号令。

宋陆游《秋晚》："牛羊下残照，鼓角动高城。"

⑥长安：这里代指京师。

⑦客心：旅人之情，游子之思。南朝谢朓《暂使下都夜发新林至京邑赠西府同僚》："大江流日夜，客心悲未央。"

又

萧萧几叶风兼雨，离人偏识长更苦[①]。
欹枕数秋天，蟾蜍早下弦[②]。

夜寒惊被薄，泪与灯花落[③]。无处不
伤心，轻尘在玉琴[④]。

【笺注】

①长更：犹长夜。唐韦应物《三台令》："不寐倦长更，披衣出户行。"

②蟾蜍：传说中有三足蟾蜍，这里代指月亮。

③泪与灯花落：灯花：灯心余烬结成的花状物。宋花仲胤妻《伊川令·寄外》："教奴独自守空房，泪珠与灯花共落。"

④玉琴：玉饰的琴。宋晁补之《回纹》："织锦机边音韵咽，玉琴尘暗薰炉歇。"

又　回文[1]

雾窗寒对遥天暮，暮天遥对寒窗雾。

花落正啼鸦，鸦啼正落花。

袖罗垂影瘦，瘦影垂罗袖。风翦一丝

红[2]，红丝一翦风[3]。

【笺注】

①回文：亦称"回环"，修辞辞格。运用词序回环往复的语句，表现两种事物或情理的相互关系。有些回文刻意追求文字次序形式上的回绕，使同一语句顺读回读均可。

②风翦：风迅速吹过。

③红丝：五代王仁裕《开元天宝遗事·牵红丝娶妇》："郭元振少时，美风姿，有才艺。宰相张嘉贞欲纳为婿。元振曰：'知公门下有女五人，未知孰陋，事不以仓卒，更待忖之。'张曰：'吾女各有姿色，即不知谁是匹偶，以子风骨奇香，非常人也。吾欲令五女各持一丝，幔前使子取便牵之，得者为婿。'元振欣然从命。遂牵一红丝线，得第三女，大有姿色。后果然随夫贵者也。"后为婚姻的代称。

又

催花未歇花奴鼓[①]，酒醒已见残红舞。不忍覆馀觞[②]，临风泪数行。

粉香看又别[③]，空剩当时月。月也异当时，凄清照鬓丝。

【笺注】

①催花鼓：唐南卓《羯鼓录》："尝遇二月初诘旦，（明皇）巾栉方毕，时当宿雨初晴，景色明丽，小殿内庭，柳杏将吐，睹而叹曰：'对此景物，岂得不为他判断之乎？'左右相目将命备酒，独高力士遣取羯鼓，上旋命之、临轩纵击一曲，曲名《春光好》，神思自得，及顾柳杏，皆已发拆。上指而笑谓嫔御曰：'此一事不唤我作天公可乎。'"花奴：唐玄宗时汝南王李琎的小名。《羯鼓录》："上性俊迈，酷不好琴。曾听弹琴，正弄未及毕，叱琴者出，曰：'待诏出去！'谓内官曰：'速召花奴将羯鼓来，为我解秽！'"

②覆：倾出，倒出。觞：酒杯。汉邹阳《酒赋》："纵酒作倡，倾碗覆觞。"宋刘子翚《夜过王勉仲家宿酒数行为作此

歌》：“明朝分手更愁人，且覆清觞莫留剩。”

　　③粉香：犹脂粉的香气，这里代指所钟爱的女子。宋周邦彦《早梅芳·牵情》：“粉香妆晕薄，带紧腰围小。”

又

惜春春去惊新燠①，粉融轻汗红绵扑②。妆罢只思眠，江南四月天③。

绿阴帘半揭，此景清幽绝。行度竹林风，单衫杏子红④。

【笺注】

①燠（yù）：暖，热。新燠，天气刚刚转暖。

②粉融轻汗红绵扑：唐白居易《和梦游春》："粉汗红绵扑。"粉汗，妇女之汗。妇女面多敷粉，故称。红绵扑：女子化妆用的粉扑。四月天：指初夏之时。

③四月天：指初夏之时。

④杏子红：黄中带红，比杏稍红的颜色。古乐府《西洲曲》："单衫杏子红，双鬓鸦雏色。"

又

　　榛荆满眼山城路[1]，征鸿不为愁人住[2]。何处是长安[3]，湿云吹雨寒。

　　丝丝心欲碎[4]，应是悲秋泪。泪向客中多[5]，归时又奈何。

【笺注】

①榛荆：犹荆棘，形容荒芜。

②征鸿：秋天南飞的雁。住：停留。

③何处是长安：宋陶明淑《望江南》："别君容易见君难，何处是长安。"长安，这里代指京城。

④丝丝：一些、一点，指细雨，承上文"湿云吹雨寒"。

⑤客中：旅居他乡。

又

　　春云吹散湘帘雨[①]，絮粘蝴蝶飞还住。人在玉楼中，楼高四面风。

　　柳烟丝一把，暝色笼鸳瓦[②]。休近小阑干，夕阳无限山。

【笺注】

①湘帘：用湘妃竹做的帘子。

②暝色：暮色。鸳瓦：成对的鸳鸯瓦。南朝梁萧统《讲席将毕赋三十韵诗依次用》："日丽鸳鸯瓦，风度蜘蛛屋。"

又

晓寒瘦著西南月[①]，丁丁漏箭馀香
咽[②]。春已十分宜，东风无是非。

蜀魂羞顾影[③]，玉照斜红冷[④]。谁唱
后庭花[⑤]，新年忆旧家。

【笺注】

①瘦著：瘦削，月为瘦，即弯月或月牙。著，用于形容词
词尾，表示程度。

②丁丁：原指伐木声。这里形容漏声。漏箭：漏壶的部
件。上刻时辰度数，随水浮沉以计时。咽：填塞，充塞。

③蜀魂：指杜鹃。相传蜀主名杜宇，号望帝，死化为鹃。
春月昼夜悲鸣，蜀人闻之，曰："我望帝魂也。"顾影：自顾
其影，有自矜、自负之意。

④玉照：宋张镃堂名。张镃《玉照堂品梅记》："淳熙己
巳，得苑圃于南湖之滨，有古梅数十，增取西湖北山红梅合三
百余本，筑堂数间，花时居宿其中，环洁辉映，夜如对月，因
名曰玉照。"斜红：指人头上所戴的红花。

⑤后庭花：乐府清商曲吴声歌曲名，本名《玉树后庭

花》，南朝陈后主制。其辞轻荡，而其音甚哀，故后多用以称
亡国之音。唐杜牧《泊秦淮》：“商女不知亡国恨，隔江犹唱
后庭花。”

又

为春憔悴留春住①，那禁半霎催归雨②。深巷卖樱桃，雨馀红更娇③。

黄昏清泪阁④，忍便花飘泊⑤。消得一声莺⑥，东风三月情。

【笺注】

①为春憔悴留春住：此词今存词人手迹，写给高士奇。高士奇，清诗人、书画鉴赏家。落魄时，曾被明珠聘为词人的书法老师。后以诸生供奉内廷，为康熙所宠幸，官至少詹事。

②半霎：极短的时间。

③雨馀：雨后。

④阁：含着，不使流下。

⑤忍便：便教，便让。

⑥消得：禁得起。

又

隔花才歇廉纤雨[①]，一声弹指浑无语。

梁燕自双归[②]，长条脉脉垂[③]。

小屏山色远，妆薄铅华浅[④]。独自立瑶阶[⑤]，透寒金缕鞋。

【笺注】

①廉纤：雨细的样子。宋晏几道《生查子》：“无端轻薄云，暗作廉纤雨。”

②梁燕：梁上的燕子。

③长条：长的柳条。脉脉：连绵不断貌。

④铅华：妇女化妆用的铅粉。

⑤瑶阶：石阶的美称。宋曾布《水调歌头》：“窈窕佳人，独立瑶阶。”

又

　　黄云紫塞三千里①，女墙西畔啼乌起②。落日万山寒，萧萧猎马还③。

　　笳声听不得，入夜空城黑。秋梦不归家，残灯落碎花④。

【笺注】

　　①黄云：沙尘，塞外沙漠黄沙飞扬，天空常呈黄色，故称。南朝宋谢灵运《拟魏太子"邺中集"诗·阮瑀》："河洲多沙尘，风悲黄云起。"紫塞：北方边塞。晋崔豹《古今注·都邑》："秦筑长城，土色皆紫，汉塞亦然，故称紫塞焉。"

　　②啼乌：用"齐垒啼乌"之典。《左传·襄公十八年》："丙寅晦，齐师夜遁。师旷告晋侯曰：'乌乌之声乐，齐师其遁。'"后为敌军败逃的典实。

　　③萧萧：形容马叫声。《诗·小雅·车攻》："萧萧马鸣，悠悠旆旌。"

　　④残灯落碎花：唐戎昱《桂州腊夜》："晓角分残漏，孤灯落碎花。"碎花：喻指灯花。

又

　　飘蓬只逐惊飙转[1]，行人过尽烟光远[2]。立马认河流[3]，茂陵风雨秋[4]。

　　寂寥行殿锁[5]，梵呗琉璃火[6]。塞雁与宫鸦[7]，山深日易斜。

【笺注】

①飘蓬：飘飞的蓬草。

②烟光：云霭雾气。

③立马：驻马。认河流：通过辨别河流的方向确认方位。

④茂陵：一为汉武帝刘彻的陵墓，在今陕西省兴平县东北。《汉书·武帝纪》："（后元二年）二月丁卯，帝崩于五柞宫，入殡于未央宫前殿。三月甲申，葬茂陵。"颜师古注引臣瓒曰："自崩至葬凡十八日。茂陵在长安西北八十里也。"二为明宪宗朱见深的陵墓，在今北京市昌平县北天寿山。

⑤寂寥：空无一人。行殿：犹行宫。唐李商隐《旧顿》："犹锁平时旧行殿，尽无官户有宫鸦。"

⑥梵呗：佛教作法事时的歌咏赞颂之声。南朝梁慧皎《高僧传·经师论》："原夫梵呗之起，亦肇自陈思。"

⑦塞雁：塞外的鸿雁，秋季南来，春季北去。古人常以之
作比，表示对远离家乡的亲人的怀念。宫鸦：栖息在宫苑中的
乌鸦。

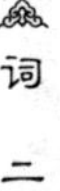

又

晶帘一片伤心白①，云鬟香雾成遥隔②。无语问添衣，桐阴月已西。

西风鸣络纬③，不许愁人睡。只是去年秋，如何泪欲流。

【笺注】

①晶帘：水晶帘子，这里借指眼泪。伤心白：极其悲痛。明刘基《摸鱼儿·金陵秋夜》："回首碧空无际，空引睇，但满眼芙蓉黄菊伤心丽。"

②云鬟香雾：唐杜甫《月夜》："香雾云鬟湿，清辉玉臂寒。"词人借杜甫写给妻子的诗，代指妻子。

③络纬：即莎鸡，俗称络丝娘、纺织娘。夏秋夜间振羽，发出"沙沙""轧织"的声音，如纺线样，故名。

又　寄梁汾茗中^①

知君此际情萧索，黄芦苦竹孤舟泊^②。
烟白酒旗青，水村鱼市晴^③。

柂楼今夕梦^④，脉脉春寒送^⑤。直过
画眉桥^⑥，钱塘江上潮。

【笺注】

①茗中：江苏苏州西北阊门外有茗溪，溪有东、西二源，合入太湖。顾梁汾南归后曾寓居此地，故云。康熙二十一年（1682）秋，词人作《送沈进士尔璟归吴兴》："无限江湖兴，因君寄虎头。"自注："时梁汾在茗上。"

②黄芦：枯黄的芦苇。苦竹：笋有苦味，不能食用。《齐民要术》："竹之丑者有四，有青苦者，白苦者，紫苦者，黄苦者。"唐白居易《琵琶行》："黄芦苦竹绕宅生。"

③水村：水边的村落。鱼市：卖鱼的市场。宋王禹偁《点绛唇·感兴》："水村渔市，一缕孤烟细。"

④柂楼：船上操舵之室。因高起如楼，故称。这里指借宿船中。

⑤脉脉：连绵不断貌。

⑥画眉桥：顾贞观有咏六桥自度曲《踏莎美人》云："双
鱼好记夜来潮，此信拆看，应傍画眉桥。"自注："桥在平望，
俗传画眉鸟过其下即不能巧啭，舟人至此，必携以登陆云。"
平望，在江苏吴江县南运河边，与苕溪并不相通。此处词人说
过画眉桥，借指梁汾故乡。

又　回文

客中愁损催寒夕①，夕寒催损愁中客。门掩月黄昏，昏黄月掩门②。

翠衾孤拥醉，醉拥孤衾翠。醒莫更多情，情多更莫醒。

【笺注】

①客中：旅居他乡。愁损：忧伤。

②门掩月黄昏，昏黄月掩门：清朱彝尊《菩萨蛮·长山客山》："门掩乍黄昏，昏黄乍掩门。"

又　回文

研笺银粉残煤画①，画煤残粉银笺研。清夜一灯明②，明灯一夜清。

片花惊宿燕，燕宿惊花片。亲自梦归人，人归梦自亲。

【笺注】

①研笺：压印有图画的信笺。研，压印。银粉：银的粉末，研笺的颜料。煤：墨。
②清夜：清静的夜晚。

又

　　乌丝画作回纹纸[1]，香煤暗蚀藏头字[2]。筝雁十三双[3]，输他作一行[4]。

　　相看仍似客，但道休相忆[5]。索性不还家，落残红杏花。

【笺注】

①乌丝：有墨线格子的笺纸。回纹：即回文诗。

②香煤：古代妇女用以画眉的化妆品。暗蚀：暗中损伤。藏头：诗歌中的一种特殊诗体。每句诗的诗头一个字嵌入要表达的内容。

③筝雁：筝柱。因筝柱斜列如雁行，故称。汉晋之前，筝设十二弦，后加至十三弦、十五弦、十六弦及二十一弦。唐李商隐《昨日》："十三弦柱雁行斜。"输他作一行输他：犹言让他。

④输他：犹言让他。

⑤相忆：想思，想念。

又

阑风伏雨催寒食①，樱桃一夜花狼藉。

刚与病相宜，锁窗薰绣衣②。

画眉烦女伴，央及流莺唤。半晌试开奁③，娇多直自嫌④。

【笺注】

①阑风伏雨：犹阑风长雨。阑珊的风，冗多的雨。泛指风雨不已。寒食：寒食节，在清明前一日或二日。相传春秋时晋文公负其功臣介之推，介愤而隐于绵山，文公悔悟，烧山逼令出仕，之推抱树焚死。人民同情介之推的遭遇，相约于其忌日禁火冷食，以为悼念。以后相沿成俗，谓之寒食。按，《周礼·秋官·司烜氏》"中春以木铎修火禁于国中"，则禁火为周的旧制。汉刘向《别录》有"寒食蹴蹋"的记述，与介之推死事无关；晋陆翙《邺中记》《后汉书·周举传》等始附会为介之推事。寒食日有在春、在冬、在夏诸说，惟在春之说为后世所沿袭。南朝梁宗懔《荆楚岁时记》："去冬节一百五日，即有疾风甚雨，谓之寒食。禁火三日，造饧大麦粥。"

②锁窗：犹锁窗，雕刻或绘有连环形花饰的窗子。

③奁（lián）：古代盛梳妆用品的器具。《后汉书·皇后纪·光烈阴皇后》："视太后镜奁中物，感动悲涕。"李贤注："奁，镜匣也。"

④直：副词，只，但。

又

梦回酒醒三通鼓①，断肠啼鴂花飞
处②。新恨隔红窗③，罗衫泪几行。

相思何处说，空有当时月。月也异当
时，团圞照鬓丝④。

【笺注】

①三通鼓：用于击鼓催征。中国古代两军开战，摆好阵
势，一方击鼓叫战，另一方擂鼓应战。如果对方不应战，叫战
方会在三通鼓后攻击。

②鴂（jué）：杜鹃。

③新恨：新产生的惆怅之情。

④团圞：这里借指月亮。

*此词补遗自《昭代词选》卷九，蒋重光编，清乾隆三十二年经锄堂刻本。

菩萨蛮　过张见阳山居赋赠①

车尘马迹纷如织，羡君筑处真幽僻②。柿叶一林红，萧萧四面风。

功名应看镜③，明月秋河影④。安得此山间，与君高卧闲⑤。

【笺注】

①张见阳山居：词人好友张纯修（字子敏，号见阳）在京郊西山有别墅。清初学者毛际可《张见阳诗序》："曩者岁在己未……张子见阳联骑载酒招邀作西山游。同游者为施愚山、秦留仙、朱锡鬯、严荪友、姜希溟诸公，分韵赋诗，极一时之盛。"

②真幽僻：清初诗人、学者施闰章（字尚白，号愚山）有《同毛会候、曹宾及、梅耦长宿张见阳西山别业》一诗，其中有"萝阴别馆绿溪静，竹外繁花拂槛低"两句。

③功名应看镜：功名勋业未成，而镜中的容貌已经不堪岁月的洗磨渐渐衰老。唐杜甫《江上》："勋业频看镜，行藏独倚楼。"宋毛滂《蝶恋花》："勋业来迟，不用频看镜。"

④秋河：即银河。梁元帝《东宫后堂仙室山铭》："殿接

南箕，桥连北斗。秋河从带，春禽衔绶。"唐李商隐《楚宫》诗之二："暮雨自归山悄悄，秋河不动夜厌厌。"

⑤高卧：悠闲地卧躺着，常有隐居不仕之想。《晋书隐逸传陶潜》："尝言夏月虚闲，高卧北窗之下，清风飒至，自谓羲皇上人。"

醉桃源

斜风细雨正霏霏①，画帘拖地垂②。屏山几曲篆香微③，闲庭柳絮飞。

新绿密，乱红稀。乳莺残日啼④。馀寒欲透缕金衣，落花郎未归。

【笺注】

①斜风细雨：细密的小雨随风斜落。唐张志和《渔父》："青箬笠，绿蓑衣，斜风细雨不须归。"霏霏：雨盛貌。

②画帘：有画饰的帘子。

③屏山几曲篆香微：明陈子龙《醉落魄》："几曲屏山，竟日飘香篆。"

④乳莺：刚出生的莺所叫的第一声，悦耳动听，如泉出谷。残日：夕阳。

昭君怨

　　深禁好春谁惜①？薄暮瑶阶伫立②。别院管弦声，不分明。

　　又是梨花欲谢，绣被春寒今夜。寂寂锁朱门，梦承恩③。

【笺注】

①深禁：深宫。

②薄暮：傍晚，太阳快落山的时候。

③承恩：汉台馆名。《汉书·霍光传》："筑神道，北临昭灵，南出承恩。"颜师古注引服虔云："昭灵、承恩，皆馆名也。"

此词补遗自《纳兰词补遗》卷一，王云五主编，万有文库。

又

  暮雨丝丝吹湿，倦柳愁荷风急①。瘦骨不禁秋，总成愁。

  别有心情怎说？未是诉愁时节。谯鼓已三更②，梦须成。

【笺注】

  ①倦柳愁荷：宋史达祖《秋霁·江水苍苍》："江水苍苍，望倦柳愁者，共感秋色。"秋霜之后，柳叶快要衰落，荷塘枯叶。

  ②谯鼓：谯楼更鼓。见《金缕曲·慰西溟》笺注。

  *此词补遗自《纳兰词》卷一，汪元治编，清道光十二年结铁网斋刻本。